魔帝教師と従属少女の背徳契約3

ジョゼフ・グランディエ
「好色」の力を秘めた魔帝の継承者。愛する生徒にして従者候補の美少女たちを守るべく、力を尽くす。
中《なか》尾《お》円《まど》香《か》
引っ込み思案で内気だが、心優しいジョゼフの教え子。今巻では突然、京都への転校を余儀なくされ……!?

源《みなもと》凛《りん》
ジョゼフの後輩で、三輪魔術学校の新人女教師。明るく気さくな性格だが、ときにとても大胆!?
播磨《はりま》日向《ひなた》&播磨《はりま》月乃《つきの》
三輪魔術学校所属の双子の美少女。元気な方が日向(左)、のんびり屋が月乃。高い魔術の才能を秘めている。

「はい……わたしは、せんせぇの、ものです」

魔帝教師と従属少女の背徳契約 3

虹元喜多朗

HJ文庫
999

口絵・本文イラスト　ヨシモト

プロローグ　陰陽寮からの指令

「わ、わたし……を……」

「転校させろ!?」

学院長の言葉に、俺《おれ》と円香《まどか》は目を剥《む》いた。

――日本最大の魔術《まじゅつ》結社『陰陽寮』から要請《ようせい》があったんだ。『中尾《なかお》円香を転校させよ』とね。

愕然《がくぜん》とする俺と円香に、学院長：奈緒《なお》・ヴァレンティンは苦虫を噛《か》み潰《つぶ》したような顔で頷《うなず》く。

陰陽寮とは、学院長が言ったように日本最大の魔術結社だ。

設立は古く、飛鳥《あすか》時代。当時、占術《せんじゅつ》を用い、国の方向性について天皇に助言し、祓魔術《ふつまじゅつ》をもって災厄《さいやく》や悪霊《あくりょう》、違法《いほう》魔術師に対抗《たいこう》していたと聞く。

「提示された転校先は、京都《きょうと》にある『三輪魔術学校《みわまじゅつがっこう》』だ」

「陰陽寮の管轄《かんかつ》下にある魔術学校ですか……」

「ああ。円香くんは一週間後、東京《とうきょう》を離《はな》れて京都に移り住まなければならない」

自分の顔が憤懣《ふんまん》に歪《ゆが》むのがわかった。

陰陽寮は、魔術庁に口出しできるほどの権力を持っている。『要請』と表現しているが、ほとんど『指令』のようなものだ。逆らうことは許されないだろう。

学院長が悔《くや》しげに、キツくまぶたを閉じた。

「こんな無茶《むちゃ》な話、断れるものなら断りたかったのだが……」

「学院長には立場があります。断っていたらもっと面倒《めんどう》な問題が起きたでしょう。学院長は悪くありません」

「すまない……気を遣《つか》わせてしまって」

学院長は北城魔術女学院《ほくじょうまじゅつじょがくいん》を束ねる長《おさ》。その地位は高いが、それゆえに不用意な決断が問題を招いてしまう。

もし要請を突《つ》っぱねていたら、陰陽寮に楯突《たてつ》いたと曲解され、圧力をかけられていたかもしれない。その場合、苦しむのは学院長だけじゃない。この魔女学の教員、職員、そして生徒もだ。

学院長の判断は正しい。感情的にならず、冷静に状況《じょうきょう》を踏《ふ》まえたうえで導き出した、最良の選択《せんたく》だろう。だが、論理的に正しいからといって、感情面で受け入れられるとは限らない。『正しさ』が反発を生むケースは往々にしてある。人間は論理ではなく、感情で動いているのだから。

学院長が苦渋《くじゅう》に満ちた表情をしているのはそのためだろう。本心では、円香の転校なんて認めたくないんだ。

学院長はこの学院の生徒たちを愛している。本人の意思を無視して転校させるなんて理《り》不《ふ》尽《じん》を、受け入れられるはずがない。

当然、俺も認められない。円香を無《む》理《り》矢《や》理《り》転校させようなんて言語道断だ。

腹の底で怒《いか》りが煮《に》えたぎり、俺は肌《はだ》が白くなるほどキツく、拳《こぶし》を握《にぎ》りしめた。

「……わかり、ました」

そんななか聞こえた円香の返事に、俺は瞠目《どうもく》する。

隣《となり》を見ると、唇《くちびる》を引き結びながらも、円香が真《ま》っ直《す》ぐな目を学院長に向けていた。

「要請、通り……わ、わたし、転校、します」

「頼《たの》んだわたしが言うのもなんだが……本当にいいのかい？」

「お、陰陽寮の、決定に逆らったら……皆さんに、迷惑《めいわく》がかかると、思います、から」

学院長が口をつぐむ。本当は否定したいのだろうが、陰陽寮が圧力をかけてくる可能性を考慮すると、気休めにしかならないと思ったのだろう。

悲痛そうに歯噛みする学院長に、円香が微笑みかけた。

「だ、大丈夫、です。転校しても、先生や、千夜さまたちと、会えなくなるわけでは、ありません、から」

円香はたしかに微笑んでいる。だが、その眉が下がっているのを俺は見逃さなかった。

「失礼します」

頭を下げ、俺と円香は学院長室を後にする。

パタン、と扉が閉じたところで、俺は口を開いた。

「いいんだぞ、円香」

「な、なにが、ですか?」

「強がらなくてもいいんだ」

円香の肩が震える。

琥珀色《こはくいろ》の瞳《ひとみ》を見つめながら、俺は訊《き》いた。

「本当は陰陽寮の要請に従いたくないんだろ？」

「そ、そんな、こと……」

「円香は言ったな。陰陽寮の決定に逆らったら、俺や学院長に迷惑がかかるって。だから、無理して要請をのんだんだろ？」

円香が押《お》し黙《だま》り、うつむく。

か細い声で円香が疑問してきた。

「……どうして、わかったん、ですか」

「わかるさ。円香が悲しい顔をしていたんだから」

円香は学院長に「大丈夫」と言った。だが、そのとき浮《う》かべた微笑みは、とても大丈夫そうには見えなかった。いまにも泣いてしまいそうなのを、必死で堪《こら》えているような笑《え》みだった。

「わかるさ。きみを愛しているんだから。円香が俺たちのために自分を偽《いつわ》ったことくらい、わかるよ」

円香がギュッと両手を握りしめる。

「先生の、言うとおり、です……本当は、転校なんて、したくない、です……」

円香がうつむけていた顔を上げる。琥珀色の瞳は涙《なみだ》で滲《にじ》んでいた。

「でも、そうするしか、ないじゃない、ですか！　わたしが断ったら、先生が、千夜さまが、レイアさんが、アグネスさんが、リリス先生が……わたしの、大切なひとたちに、危険が及《およ》ぶかも、しれないの、ですから！」

抱《かか》えていた不安を円香が打ち明ける。

くしゃくしゃになった円香の顔を目にして、俺のなかである感情がわき上がってきた。

憤《いきどお》りだ。

たとえ国内最大の魔術結社といえど、許せない。

円香にこんなツラそうな顔をさせるなんて、許せない。

俺たちの仲を引き裂《さ》こうだなんて、許せない。

俺はギリッと歯を軋《きし》らせる。

「円香を転校なんてさせない。陰陽寮と交渉《こうしょう》してくる」

「け、けど！　もし、陰陽寮が、敵になったら……！」

「それでも許せない。俺と円香の仲を裂くのなら、誰《だれ》が相手でも叩《たた》き潰す」

暗い炎《ほのお》のような激情を胸に、俺が決意した、そのとき。

「ダメよ、ジョゼフくん」

背後から声がした。

振《ふ》り返ると、千夜、レイア、アグネスを引き連れたリリスが、こちらに歩いてくる。

「いまのあなたは頭に血が上っている。冷静さを失ったら交渉なんてできないわよ？」

「だが……！」

「心配しないで」

言い返そうとする俺に、リリスがウインクした。

「交渉にはわたしが向かうわ。これでもわたしは魔術界の重鎮《じゅうちん》。望んで手に入れた地位ではないけれど、こういうときくらいは利用させてもらうわ」

リリスは魔帝《まてぃ》サタンの娘《むすめ》。悪魔の姫《ひめ》にあたる存在だ。そのリリスを有する日本では、悪魔や悪霊による被害《ひがい》が少なく、悪魔との契約《けいやく》が成功しやすい。

悪魔の姫《リリス》の権威《けんい》が、日本の魔術界の後ろ盾《うしろだて》となっているんだ。

それゆえ、リリスには魔術界における発言力がある。その発言力をもって、リリスは円香の転校に異を唱えるつもりなんだろう。

「それに、わたしも陰陽寮にはもの申したいの。ジョゼフくんと円香ちゃんの仲を知らないとはいえ、恋人《こいびと》たちを引き離すなんて世界が滅《ほろ》んでも看過できないわ。《情愛》の悪魔として、ジョゼフくんのハーレムの一員としてね」

百合《ゆり》の花のように淑《しと》やかな笑みを浮かべているが、リリスのまとう雰囲気《ふんいき》は刃《やいば》のように剣呑《けんのん》で、近寄りがたいものだった。

全身が粟立《あわだ》つような寒気。とんでもない威圧感《プレッシャー》。仮に目の前に獅子《しし》が現れたら、こんな畏《おそ》れを抱《いだ》くだろう。

温和で慈悲深《じひぶか》いが、リリスはやはり魔帝の娘なんだ。

「で、ですが、交渉が、成功するとは、限らないの、ですよね？」

「そうね。最善を尽《つ》くすけど、一〇〇パーセント成功するとは断言できない。万に一つではあるけれど、陰陽寮と敵対する可能性はあるわ」

「そ、そんなの、ダメ、です‼」

円香が声を張り上げる。内気な子とは思えないほどの大声だ。

「わ、わたしの、所為《せい》で……みなさんが、き、危険な目に遭《あ》ってしまう、なんて、絶対、絶対、ダメです！」

大粒《おおつぶ》の涙を溢《あふ》れさせる円香に、リリスが優《やさ》しく微笑みかける。

「心配してくれてありがとう。でもね、円香ちゃん？　わたしたちも同じなの。円香ちゃんが心配なの」

「そうよ！」

リリスの言葉を継《つ》いだのは、眉をつり上げた千夜だった。

「円香はどんなときも側《そば》にいてくれたわたしの親友！　転校なんてもってのほかよ！　認められるはずがないわ！」

「国内最大の魔術結社だからって、理不尽を働いていいわけがない！　いくらなんでも酷《ひど》すぎるよ！」

「物部《もののべ》千夜と茅原《ちはら》レイアに同意する。中尾円香の意思を尊重するべきだ」

レイアとアグネスも千夜と同じく憤慨《ふんがい》し、陰陽寮の決定に断固反対している。

「みんな覚悟《かくご》は決まっているの。もちろんあなたもよね、ジョゼフくん？」

「ああ」

俺はかがみ、円香の両手をとった。緊張《きんちょう》からかカタカタと震え、冷たくなってしまった両手を、包《つつ》み込《こ》むように握る。

「円香は俺の大切なひとだ。もちろん千夜にとっても、レイアにとっても、リリスにとっても、アグネスにとっても。誰も円香との別れを望んでない」

俺に同意するように、四人が力強く頷いた。

「陰陽寮と敵対することになっても、必ず俺が——俺たちがなんとかしてみせる。これまで円香が俺たちの力になってくれたように、俺たちも円香の力になりたいんだ」

「先、生……みなさん……」

千夜、レイア、リリス、アグネスが俺たちのもとに歩み寄り、そっと円香の背中をさする。『大丈夫』と伝えるように。

俺たちひとりひとりを見つめ、円香が唇を引き結び、頭を下げた。

「ご、ご迷惑を、おかけしますが……お願い、します！」

「迷惑だなんて思ってない。大切なひとを助けるのは当然だ」

そんな円香を優しく抱き寄せ、俺は背中をポンポンした。

円香を慰《なぐさ》めながら、俺はリリスに視線を送る。リリスと俺の視線が絡《から》んだ。

「頼んだ」

「任せて」

短い言葉。それだけでよかった。

リリスがコートを翻《ひるがえ》し、陰陽寮との交渉に向かった。

✡　✡　✡

二日後の一〇時過ぎ。帰ってきたリリスが俺たちをリビングに集めた。

南東にある大きな窓から日の光が差すなか、カーキーのL字形ソファーに座《すわ》る俺たちに、リリスが報告する。

「残念ながら、陰陽寮の指示を完全に撤回《てっかい》させることはできなかったわ」

リリスの知らせに、俺たちの顔が曇《くも》る。

リリスが続けた。

「けど、譲歩《じょうほ》は引き出せたの」

「譲歩？」

「ええ。円香ちゃんを転校生としてではなく交流生として、一時的に三輪魔術学校に訪《おとず》れさせる——そんなかたちにできたわ」

「そうか……ありがとう、リリス」

俺が胸を撫《な》で下ろすと、リリスは「どういたしまして」とウインクする。

「しかし、中尾円香はいずれにせよ京都に向かわなくてはならない。陰陽寮の目的はなんなのだろうか？」

「解決に協力してほしい事態があるそうなの。円香ちゃんの力を借りなくてはならない事態が」

アグネスの疑問にリリスが答えると、千夜とレイアが顔をしかめた。

「穏《おだ》やかな話ではないですね」

「うん。円香ちゃんが危険に巻き込まれるかもしれないもんね」

俺もふたりと同じく円香が心配だ。

解決に協力してほしいということは、自力では解決できないということ。国内最大の魔術結社が苦戦する事態だ。相当難解なのだろう。面倒事の臭《にお》いがプンプンする。

俺と千夜に挟《はさ》まれて座っている円香が、心細そうに肩をすぼめた。

リビングに重い空気が漂《ただよ》う。

「わたしも円香ちゃんを危険にさらすのは本意じゃないわ」

そんななか、リリスが自慢《じまん》げに人差し指を立てた。

「だから、陰陽寮に提案したの。『ジョゼフ・グランディエを臨時講師として。物部千夜、茅原レイア、アグネス・アンドレーエを交流生として、三輪魔術学校に迎《むか》え入れませんか？』とね」

「先生とわたしたちも京都に？」

「なにか狙《ねら》いがあるのだろうか？」

首を傾《かし》げる千夜とアグネスに、「ええ」とリリスが微笑《びしょう》する。

「陰陽寮には解決してほしい事態がある。だからこそ円香ちゃんを欲《ほっ》しているの。逆に言うと、事態さえ解決すれば、円香ちゃんは帰ってこられるということよね？」

「そっか！　ボクたちも一緒《いっしょ》に行けば、事態の解決に協力できるんだ！」

ポン、と手を打つレイアに、「そういうことよ」とリリスが満足そうに頷いた。

「千夜ちゃんとレイアちゃんは、『蛇と梟《スネークオウル》』による魔女学襲撃《しゅうげき》の際に活躍《かつやく》した実績がある。エクソシストであるアグネスちゃんの実力はお墨付《すみつ》き。言わずもがな、ジョゼフくんの戦力は充分《じゅうぶん》以上よ。陰陽寮が拒《こば》む理由はどこにもなかったわ」

「俺たちが一緒にいれば、円香に降りかかる危険も払《はら》える。リリスは機転が利《き》くな。最高の働きだ」

「ふふっ、惚《ほ》れ直した？」

賞賛する俺に、リリスが大人びた笑みを浮かべる。

惚れ直したさ。もう親とか姉みたいな存在とはちっとも思えない。ひとりの魅力的《みりょくてき》な女性だ。俺が落ちる日も近そうだなあ。

ともあれ状況は理解した。俺たちはそれぞれ顔を見合わせる。

「俺たちが事態の解決にあたれば、より早く円香と帰ってこられる」

「それならやることはひとつですね」

「頑張《がんば》って解決して、ボクたちの日常を取り戻《もど》そう！」

「異論はない。それが最善だとわたしも思う」

先ほどまで漂っていた重い空気はなくなっていた。

体の芯《しん》からやる気が漲《みなぎ》ってくるのがわかる。千夜、レイア、アグネスも同じようで、凛《りん》とした顔つきをしていた。

「み、みなさん……ありがとう、ございい、ます！」

心細そうにしていた円香も安堵《あんど》の笑みを見せた。

「ただ、ひとつだけ問題があるの」

俺たちが希望に顔をほころばせるなか、リリスが眉を下げる。

「ジョゼフくんがいないあいだ、わたしは代わりに二年E組の担任を務めなければならないの。わたしは京都に同行できない。ですから――」

「『魔将《デーモン》』の力が借りられないんだな？」

リリスが首肯《しゅこう》した。

リリスに協力してもらうことで、俺は魔王《まおう》に次ぐ大悪魔『魔将』の力を借り、武器として具現化できる。俺にとっての伝家の宝刀だ。

リリスがいないと、俺は魔将の力を借りられない。戦力ダウンは否《いな》めない。

それでも俺の意思は揺《ゆ》らがなかった。

「構わない。俺は魔帝を継ぐ男だ。この程度のピンチで慌《あわ》てているようじゃ、到底《とうてい》魔帝なんて目指せない」

「ジョゼフくんならそう言うと思ったわ」

リリスが困ったように、けれどどこか嬉《うれ》しそうに苦笑《くしょう》する。

「気をつけていってらっしゃい。無茶は禁物よ」

「ああ。必ず解決して、みんなで無事に帰ってくるよ」

俺は立ち上がり、リリスに歩み寄る。

意図がわからないのか首を傾げるリリスを、俺はふわりと抱きしめた。

リリスが目を丸くする。

「い、いきなりどうしたの、ジョゼフくん？　いつになく積極的ね？」

「しばらく離ればなれになるからな」

「あら？　さみしいの、ジョゼフくん？」

「さみしいよ。リリスは違《ちが》うのか？」

俺の反応が予想外だったのだろう。リリスがポカンとした。

妻になりたいがために、リリスは俺を魔帝にしようとしている。それほどまでに俺を愛しているんだ。

俺が京都に行っているあいだ、リリスは孤独《こどく》な思いをするだろう。うぬぼれじゃない。うぬぼれじゃないと言い切れるだけの愛を、俺はリリスから受け取っている。

そして俺は、そんなリリスに惹《ひ》かれつつある。本当は離れたくないし、離したくない。

「俺たちが京都に向かうまで、できるだけリリスの側にいたい。許してくれるか？」

「な、なぜわたしたちに振るんですか？」

「千夜ちゃん、ツンデレなのはバレてるんだからいい加減素直《すなお》になろうよ」

「わ、わたしたちのことは、気にしないで、ください……リリス先生も、大切な、恋人仲間、ですから」

「わ、わたしに異論はない。わたしはただの監視役《かんしやく》だ」

千夜が相変わらずのツンデレを発揮し、レイアがそんな千夜に肩をすくめ、円香が慈《いつく》しみに溢れた微笑みを浮かべ、アグネスがなぜかわからないが唇を尖《とが》らせる。

みんなの答えを聞き、ポカンとしていたリリスが「ふふっ」と笑みをこぼした。

「こういうの、充電《じゅうでん》って言うのでしたっけ？」

「ああ。心ゆくまで充電しよう。俺にできることはそれくらいしか思いつかない」

「充分よ」

リリスが俺の背中に腕《うで》を回す。

「立派になったわね、ジョゼフくん——本当に」

第一章　そうだ、京都へ行こう。

　京都へ旅立つ前日、俺は『封魔監獄《ふうまかんごく》』を訪れていた。魔術庁が管理する、あらゆる魔術を無効化する呪術《じゅじゅつ》『禁呪《きんじゅ》』が施《ほどこ》された監獄だ。

　封魔監獄を訪ねた目的は、魔女結社『蛇と梟《スネークオウル》』の元首領であるメアリに会うため。

　メアリはアグネスを殺害するために魔女学を襲撃したが、魔女学の総力を尽くした反撃《はんげき》によって逮捕《たいほ》された。

　そのとき俺は、女性を愛に溺《おぼ》れさせる『リリスの魔弓《まきゅう》』を放ち、メアリを改心させた。

　いまのメアリは俺を愛してくれている。メアリもまた、俺が守りたい存在なんだ。

　だからこそ、俺たちが京都へ向かうことや、そうなった経緯《けいい》を話す必要があった。

　面会室のアクリル板を挟み、俺は囚人服《しゅうじんふく》を着たメアリと向き合って、あらかたの事情を伝えた。

「――というわけで、空間転移の魔術を研究しているんだ」

「唐突《とうとつ》!!　『というわけで』が接続詞の役目を果たしていないわよ!?　あなたたちが京都

へ向かう話から、どうして空間転移の話題が出てくるのよぉ⁉　なんのためにそんな研究をしているの⁉」

「京都から空間転移してメアリに会いに来るためだ」

「さ、さらっとキザなこと言わないでくれるかしらぁ⁉　大体、空間転移なんてとっくの昔に失われた魔術でしょう⁉　復活させるなんて無理よぉ！　もしできたら、学会発表レベルの大快挙じゃない！」

「それでもやってみせる。メアリに会いに来るためなら、なんだってやってやるさ」

「～～～～～っ！」

　メアリの顔がリンゴみたいに赤くなり、唇がムニャムニャと波打つ。

　我ながら臭い台詞《せりふ》だと思うが俺は本気だ。愛してくれるひとを全力で愛するのが、俺にできるせめてもの恩返しだから。

「べ、別にいいわよぉ。いまは大変でしょうし、自分たちの心配だけしてなさい」

「けどな……」

「あたしがいいって言ってるんだからいいのよ」

　メアリが顔を赤らめたままそっぽを向く。

「全部終わらせてから、また会いに来てくれればいいわぁ」

クしたらしい。

「……可愛《かわい》い」

「からかわないでくれるかしらぁ!?」

バンッ！　とテーブルを叩き、メアリが身を乗り出した。照れくささがリミットブレイ

からかってなんかないぞ、メアリ。ちょっとだけ涙目《なみだめ》になりながら睨《にら》んでくるとことか、スゲぇグッとくる。アクリル板がなかったら確実に抱きしめてた。

俺がクックツと笑みを漏《も》らすと、メアリが頬《ほお》をむっくりさせる。

「もう知らないわぁ」

「悪い悪い。拗《す》ねないでくれよ」

「拗ねてなんかないわよ。あなたなんかと付き合ってられないわぁ」

「俺はいつまでも付き合っていたいぞ？　もっとメアリのことを知りたいし」

「……そうやって何人の女を毒牙《どくが》にかけてきたのかしらね」

メアリが、はぁ、と嘆息《たんそく》した。

呆《あき》れたようにジト目になるメアリに、俺は真っ直ぐ告げる。

「なんと言われようと、メアリが本気で嫌《いや》がらない限り俺は何度でも会いに来る。ひとりぼっちにしないって誓《ちか》ったからな」

メアリの目が見開かれた。

メアリが『蛇と梟』を乗っ取ったのは、レイアの母親であるマーガレットさんに、裏切られたと勘違《かんちが》いしたからだ。

メアリは極度のさみしがり屋。先ほどの憎《にく》まれ口《ぐち》が本心じゃないことくらい、俺にはお見通しだ。

メアリはなにも言い返さず、再びそっぽを向く。その横顔はやっぱり赤かった。

「──時間だ」

メアリがふてくされていると、面会室の壁際《かべぎわ》に立っている看守が、腕時計《うでどけい》を確認《かくにん》しながら言った。どうやら面会時間は終わりらしい。

「またな、メアリ。必ず会いに来るから、悪いけど待っててくれ」

メアリが小さく頷き、看守に連れられて面会室を出ていく。

「ジョゼフ、ひとつだけ注意しておくわぁ」

去り際、メアリがこちらを向いて口を開いた。

「陰陽寮《おんようりょう》には気をつけなさい」

「気をつける？　どういう意味だ」

「……悪いけど、詳《くわ》しくは教えられないわぁ」

ばつが悪そうにメアリがうつむく。

『教えない』じゃなくて『教えられない』……陰陽寮を警戒《けいかい》する理由を明かしたいけど、なんらかの障害があって明かせない——そんな言い方だ。

どうやら訳ありっぽいな。メアリはまだ、なにか事情を抱えているのかもしれない。

「犯罪者のあたしの言葉なんて信じられないだろうけど、心に留《とど》めておいて」

「メアリの言葉を疑うわけがないだろ？　信じるさ。ありがとうな、メアリ」

「……『ありがとう』はこっちの台詞だわぁ」

ボソリと呟《つぶや》いて、メアリがドアの向こうに消えていく。

「気をつけるのよぉ。無事に帰ってこないと恨《うら》むわ」

パタン、とドアが閉まった。

俺はメアリの言葉を噛みしめる。

「帰ってくるさ。メアリが待っててくれるからな」

✡　✡　✡

翌日の午前。東京《とうきょう》を発《た》った俺たちは、京都行きの新幹線に乗っていた。

窓の外の景色が高速で過ぎ去っていく。俺の対面に座る千夜《ちよ》、レイア、円香《まどか》は、車窓の眺《なが》めを楽しむことなく、膝《ひざ》の上でギュッと手を握っていた。

見るからに緊張している三人に、俺は苦笑する。

「まだ京都まで一時間半あるぞ？　いまからそんなに張り詰《つ》めていたら精神的に疲《つか》れる。リラックスしたほうがいいぞ？」

「わかっています。ですが、リラックスしろと言われてできるものじゃありません」

「慣れない場所に行くわけだし、どうしても緊張しちゃうよ」

千夜とレイアが、変わらずガチガチのまま答えた。円香もふたりと同様、唇を固く引き結んでいる。

「無理もないと思う」

俺と同じく落ち着いた様子のアグネスが、隣から意見してきた。

「事態を解決するため、陰陽寮は強引《ごういん》に中尾《なかお》円香を転校させようとした。それほどの大事《おおごと》にわたしたちは挑《いど》まなければならない。学生である彼女《かのじょ》たちが緊張するのは当然だ」

アグネスの指摘《してき》に俺は納得《なっとく》を得る。

『蛇と梟』による襲撃を乗り越《こ》えたとはいえ、千夜もレイアも円香も学生。まだまだ未熟な身だ。エクソシストとして活動してきたアグネスと違い、実戦経験が少ない。

陰陽寮は厄介《やっかい》な事態に陥《おちい》っているらしいし、俺たちが何者かと戦わなくてはならないケースも考えられる。アグネスの言うとおり、三人がプレッシャーを感じるのは仕方ないだろう。

けど、だからといって緊張しっぱなしはよくない。いまから疲弊《ひへい》していたら、肝心《かんじん》なときに力を発揮できないからだ。危険に見舞《みま》われた際、対抗できる力を持っていないと困る。

もちろん、どんな危機が訪れても俺は三人を守る。ただ、自力で抗《あらが》う術《すべ》を持っているに越したことはない。

俺は「ふむ」と顎《あご》に指を当て、提案する。

「それなら、せめて気を紛《まぎ》らわせよう」

俺は立ち上がり、荷物棚《だな》に置いたスーツケースから小さな箱を取り出し、みんなに差し出した。

「トランプ……ですか？」

俺が差し出した箱――トランプのケースをまじまじと見ながら、円香がパチパチと目を瞬《しばた》かせる。

「移動に時間がかかると踏んで持ってきたんだ。これで遊べば気が紛れる。それに、旅行といえばゲームだろ？」

「たしかにいい方法ですね」

千夜が、ほぅ、と感心したように息をついた。

「で、では、どのような、ゲームで、遊びましょう？」

「まずは王道のババ抜《ぬ》きでどうだ？」

「賛成する」

俺が提案すると、アグネスがコクリと頷く。クールなアグネスにしては珍《めずら》しく、瞳がキラキラと輝《かがや》いていた。

「やる気満々だな、アグネス」

「はい。誰かと遊ぶ機会があまりなかったから、わたしはとてもワクワクしている」

「……みんな、アグネスのために盛り上げてこうぜ！」

「「「お、おおーっ！」」」

結構ヘビーなアグネスの事情を知り、俺、千夜、レイア、円香は、重い空気を吹《ふ》き飛ばすべく拳を突き上げる。

アグネス、これからいっぱい遊ぼうな！　いくらでも付き合ってやるからな！

「だったら、ただババ抜きするだけじゃ物足りなくないかな？　もっと盛り上がるアイデアってない？」

レイアもアグネスを気遣《きづか》い、そんな提案をしてきた。本当にいい子だ。

俺《おれ》、千夜、円香は「「「うーん……」」」と首を捻《ひね》る。これまで不憫《ふびん》な思いをしてきただろうアグネスを、なんとしてでも楽しませてあげたい。

俺たちが考えるなか、アグネスが手を挙げた。

「わたしにひとつ案がある」

「なんでも言ってくれ、アグネス！」

「どんなアイデアだろうと大賛成よ！」

「物部《もののべ》千夜、気が早いにもほどがあるのではないだろうか？」

勢いよく食いついた俺と千夜をアグネスが訝《いぶか》しむ。

仕方ないんだ、アグネス。俺たちは本気できみに楽しんでほしいんだ。アグネスの過去が切なすぎるんだ。

コテンと首を傾げながらも、アグネスは言った。

「一番勝利数の多い者が、残りの者に『なんでも命令できる』ことにすればどうだろうか？」

「「「なんでも……命令できる？」」」

俺、千夜、レイア、円香は目を見開く。

俺はわなわなと震えた。

なんて魅力的なアイデアだ……!!

なんでも命令できるなら、いままでできなかった方法でみんなとイチャイチャできる！

もちろんエッチなことにも使用可能だ！　コスプレとか、ペットプレイとか、乱交とか、アブノーマルなプレイにチャレンジするチャンス！

アグネス、きみ、天才かよ！

俺がグッと拳を握るなか、千夜、レイア、円香も小さくガッツポーズをとっていた。おそらく俺と同じで、普段《ふだん》とは違うイチャイチャができると期待しているのだろう。

俺たちは目の色を変えた。

「悪いが本気で行かせてもらう」

「いいでしょう。返り討ちに遭《あ》っても恨まないでくださいね？」

「残念だけど勝つのはボクだよ」

「ま、負けられない、戦いが……ここに、あります！」

「ど、どうしたのだろうか？　みんな、顔が怖《こわ》いのだが！」

いつになく真剣《しんけん》な顔をする俺たちに、アグネスが狼狽《うろた》える。

悪い、アグネス。俺たち、ガチで行くわ。盛り上がるは盛り上がると思うから、どうか許してくれ。

✡　✡　✡

ババ抜きは熾烈《しれつ》を極《きわ》めた。

アグネスを除く全員が観察眼とブラフを駆使《くし》し、極限の集中をもって挑んだ。

ババ抜きをはじめた目的は緊張を紛らわせるためだったが、余計緊張することになった。目的を見失うどころか完全に逆効果だ。

しかし、誰もやめようとはしなかった。『なんでも命令できる権利』を勝ち取りたいがために。

気づけば、ババ抜きの試合数は一〇戦を超《こ》えていた。

間もなく京都駅。時間的にこれが最終戦。

俺はアグネスの手札と表情を見据《みす》える。アグネスの手札は二枚、俺の手札は一枚、俺がアグネスの手札を引く状況《じようきよう》。

勝ち星は、俺とアグネスが両トップ。即《すなわ》ち、ここで俺の手札が揃《そろ》えば優勝し、『なんでも命令できる権利』が手に入る。

栄光への架け橋《かけはし》は目の前にかかっている。だが、最後の最後で立ちはだかるものがあった。

右のカードに手を持っていく。アグネスの表情は変わらない。

左のカードに手を持っていく。アグネスの表情は変わらない。

よ、読めん！　完全なるポーカーフェイス！

一手前、アグネスが円香のカードを引いたとき、円香は明らかにホッとしていた。そこから推測するに、アグネスはジョーカーを持っている。

だからチャンスだと思った。ジョーカーを持っているなら、カードを引かれるときに緊張するだろうと。顔に出るだろうと。

だが、アグネスの顔つきはちっとも変化しない。表情筋を完全制御《せいぎょ》しているが如《ごと》き鉄仮面だ。

普段から感情表現が乏《とぼ》しかったが、ここまでとは……まるでババ抜きの申し子じゃないか！

俺はダラダラと汗《あせ》を掻《か》く。気のせいか、『ざわ……ざわ……』と効果音が聞こえた。

マズい……マズいぞ！　このままではアブノーマルプレイ、もとい、みんなとの新鮮《しんせん》なイチャイチャができなくなる！

優勝まであと一歩。しかし、その一歩が果てしなく遠い。

「先生はエッチだから、きっとスゴい命令をするはず……！」

「は、恥《は》ずかしい、ですけど、先生になら、なにをされても、構いません……！」

「わ、わたしは命令なんてされたくないけど、先生が仰《おつしや》るなら仕方ないから……！」

レイア、円香、千夜がなにやらポショポショ囁《ささや》いている。

なにを言ってるのかはわからないが、神さまに祈《いの》るみたいに指を組み合わせているから、きっと俺の勝利を願っているのだろう。三人とも、なんだかんだ俺とイチャラブエッチしたいんだ。俺の恋人たちがむっつり可愛い。

三人のためにも、俺は勝たないといけない！

俺が決意を新たにしたとき、変化は訪れた。

「せ、先生がエッチ……？　スゴい命令をする……？」

アグネスが目を見開き、湯気が上りそうなほど顔を赤くしている。

そう。アグネスのポーカーフェイスが崩《くず》れたんだ。

勝機！

千載一遇《せんざいいちぐう》のチャンスを見出《みいだ》した俺は、アグネスが持つ右のカードを指先でつつく。

「あっ！」

アグネスの眉《まゆ》が下がり、ビクッと肩《かた》が跳《は》ねた。まるで、『そのカードを取らないで』と言うように。

見切ったぞ、アグネス！

容赦《ようしゃ》なくカードをつまみ、シュパッと引き抜く。

高々と掲《かか》げたカードをくるりと反転させ――「ふっ」と俺は不敵な笑《え》みを浮《う》かべた。

「俺の勝ちだ」

揃った手札を、テーブル代わりにしたスーツケースに放る。

ゲームセット。ババ抜きの優勝者は俺。『なんでも命令できる権利』は俺のものだ。

「「先生っ！」」

「――――っしゃあっ!!」

「く……っ！」

千夜、レイア、円香が顔をほころばせ、俺が豪快《ごうかい》にガッツポーズをとり、アグネスが悔《くや》しげに顔をしかめる。

さーて。どんな命令をしようかなー？　どんなふうに可愛がってあげようかなー？

俺がニヤけるなか、千夜、レイア、円香はソワソワモジモジしていた。

やはり、三人とも俺の勝利を願っていたらしい。俺に命令されることを期待していたらしい。とてもエッチでとても愛《いと》おしい。

それにしても、アグネスのポーカーフェイスはなんで崩れたんだ？　なんで悔しがったんだ？

横目で窺《うかが》うと、アグネスは頬を桜色にして、ダイヤモンドダストみたいに透明《とうめい》な白髪《はくはつ》をネジネジと弄《いじ》っていた。

あれ？　その仕草、千夜たちのと似てない？

✡　✡　✡

京都駅についたのは一〇時過ぎだった。

俺たちはスーツケースを転がし、ホームを歩く。

「まずは陰陽寮に行くんですよね？」

「ああ。案内人が改札で待っているらしい」

千夜の質問に答えつつ、俺はスマホで京都駅の構内図を開いた。

案内人が待っている改札は新幹線中央口だ。改札の場所を確認し、俺は四人を先導する。

エスカレーターを降り、その先にある新幹線中央口をくぐった。

「さて。案内人はどこに――」

「先輩《せんぱい》！」

「いるんだ？」と続けようとした俺の言葉を遮《さえぎ》り、ひとりの女性が駆《か》け寄ってくる。

スレンダーな体躯《たいく》はリリス並みの高身長。手足はモデルのように長い。

サイドテールにされた髪《かみ》は、紅葉《こうよう》を映したかのような赤茶色。ネコのそれに似たブラウンの瞳《ひとみ》は、さながらアキシナイトの如く煌《きら》めいており、肌《はだ》はおしろいみたいに白い。

シュッとしたスマートな顔に人懐《ひとなつ》っこい笑みを浮かべ、その女性が俺に抱《だ》きついてきた。

灰色のスーツ越しにたわわな胸が押《お》しつけられ、ムニュンと俺の胸板《むないた》でひしゃげる。

「「「――は？」」」

千夜、レイア、円香、アグネスがピキッと固まった。なにがなんだかわからず、俺の思考も一瞬硬直《いっしゅんこうちょく》する。

な、なんだこのひと、いきなり抱きついてきて⁉　わけがわからん！　おっぱい柔《やわ》らかいけど！　めっちゃいい匂《にお》いするけど！

なおもムニュムニュ押しつけられる魅惑《みわく》の膨《ふく》らみと、鼻腔《びこう》をくすぐる、桜の花みたいな匂いにドギマギしながら、俺は慌てて女性に訊《き》いた。

「な、なにしてるんですか⁉」

「あ、すみません。ひさしぶりだったんで、ついはしゃいじゃいました」

春風のように軽《かろ》やかなソプラノボイスで謝《あやま》り、女性が「たははは……」と頭を掻く。

苦笑する女性の顔を改めて見て——俺は気づいた。

「……凛《りん》？」

「はい、そうですよ。ウチです。源《みなもと》 凛《りん》です」

「ひさしぶりだな！　ていうか、なんでこんなとこにいるんだ？」

「ウチが陰陽寮で働いてるからですよ。今回、案内人を務めさせてもらいます」

「そうだったのか！」

「ちなみに、ウチ、三輪《みわ》魔術《まじゅつ》学校で教育実習をしてるんですよ」

「おお！　奇《き》遇《ぐう》だな！」

「ですから、三輪魔術学校の教員としてはウチが先輩《せんぱい》になります。『凛先輩』って呼んでいいですよ？」

「抜かせ、ひよっこ！　お前に先輩面《づら》されて堪《たま》るか！」

肘《ひじ》で小突《こづ》くと凛がケラケラ笑う。昔と変わらず自由奔放《ほんぽう》なやつだ。

思わぬ再会に話を弾《はず》ませていると、俺のコートの裾《すそ》が左右から引かれた。

「先生？　そのひと、誰《だれ》？」

「な、なんで、抱きついて、きたんですか？」

レイアと円香が、ぷくぅ、と頬を膨らませている。どうやらヤキモチを焼かせてしまったらしい。

拗ねるふたりは愛らしいが、恋人《こいびと》を不安にさせてはカレシ失格だ。凛の両肩《りょうかた》を押して抱《ほう》擁《よう》を解き、安心させるためにふたりの頭をポンポンする。

レイアと円香はまだ不満げだったが、ほんの少し頬が緩《ゆる》んでいた。可愛い。抱きしめたい。頬ずりしたい。

ふたりを愛《め》で回したい衝動《しょうどう》を抑《おさ》え、俺は四人に凛を紹介《しょうかい》する。

「こいつは源凛。魔術学校時代、俺の後輩だったやつだ」

「先輩の教え子さんたちですよね？　はじめまして！」

凛がニッコリと人好きのする笑みを見せた。四人はどこか警戒した様子で、「「「「は、はじめまして」」」」と返す。

「それにしても驚《おどろ》いたぞ。凛が陰陽師《おんみょうじ》の名家の生まれってことは知ってたけど、俺たちの案内人になるとは思ってもなかった」

「慌ててる先輩、可愛かったですよ♪」

「うるせー。いきなり女性に抱きつかれて慌てない男なんかいるか。そもそも、お前と連《れん》絡《らく》とれてれば驚かないで済んだんだぞ」


俺と凜は仲がよかった。正直、男友達とよりつるんでいたかもしれない。

魔術学校を卒業してからも連絡をとり合っていたが、二年前から凜の返事が途《と》絶《だ》えていた。

凜と連絡がとれていれば——凜が案内人だとわかっていたら、あんなに驚かずに済んだんだ。

俺がジト目を向けると、凜はばつが悪そうに頬を掻く。

「あー……勝手に連絡途絶えさせたのは本当にすみません。怒《おこ》ってます？」

「怒るに決まってるだろ」

「ですよね……」と申し訳なさそうに表情を曇《くも》らせる凜に、俺は続けた。

「大切なやつと連絡がとれなくなったんだ。心配させるなよ」

俺の返答が思いも寄らなかったのか、凜がキョトンとする。

「……先輩、ウチ、もしかして口説かれてます？」

「なんでそうなる。からかうなよ、本気で心配したんだぞ」

「からかってなんかないですよ……まったく、先輩は相変わらずなんですから」

凜が困ったように笑う。その笑顔《えがお》はどこかホッとしているようにも映った。

なにはともあれ再会できたのは喜ばしいことだ。凜も元気でやってるみたいだしな。

「うんうん」と腕組《うでぐ》みして頷《うなず》いていると、千夜、レイア、円香、アグネスが、俺に身を寄せてきた。

「ふーん。随分《ずいぶん》仲がよろしいんですね」

「ただの先輩後輩には見えないよね」

「と、特別な、絆《きずな》を、感じますね」

「とても距離《きょり》が近いように思う」

ピトッと体をくっつけて、ジトッとした目で俺を見上げる。凜と仲良くしたことで嫉妬《しっと》したのだろう。なぜアグネスまでふくれっ面になっているのかはわからないが。

あー、もう、愛おしいな！　ニヤけちゃうだろ！　宿泊先《しゅくはくさき》についたら目一杯《めいっぱい》構ってやるからな！　覚悟《かくご》してろよ！

頬を緩める俺に、四人が体当たりするみたいに体を寄せてくる。全然痛くない。むしろ嬉しい。微笑《ほほえ》ましい。

じゃれ合う俺たちに、凜が目をパチクリさせた。

「え、えっと……好かれてるんですね、先輩？」

俺はビクッと肩を跳ねさせる。

四人が可愛すぎて失念していた。俺は教師で、千夜、レイア、円香は教え子。俺たちが恋人関係にあることを、凜に知られるわけにはいかないんだ。

俺は視線を右往左往させる。

「ま、まあな！　教師冥利《みょうり》に尽《つ》きるよな！」

「そうですね。先生のことは好きです。ひととして」

「ボクも好きだよ。教師として」

「す、好きですよ。恩人として」

「わ、わたしは監視役だが、先生のことは嫌《きら》いではない」

みなさん、誤魔化《ごまか》す気、あるんですかね？　あからさまなくらい好意を示してますよね？

俺が冷《ひ》や汗を掻くなか、凜が戸惑《とまど》ったように苦笑した。

「それはいいことですけど……そういう関係ではないんですよね？」

スマン、凜。そういう関係だ。

✡　✡　✡

京都駅を出るとリムジンが待っていた。

いっぱしの教師や学生には不釣《ふつ》り合いなほど豪奢《ごうしゃ》だ。『陰陽寮はあなたたちを歓迎《かんげい》します』とのメッセージだろう。

あまりの豪華《ごうか》さに緊張《きんちょう》しながらリムジンに乗ることおよそ一〇分。俺たちは陰陽寮に到《とう》着《ちゃく》した。

広大な敷地《しきち》。レンガで舗装《ほそう》された、長い道の先に、道と同じくレンガで造られた、七階建ての建物がある。

レトロな雰囲気《ふんいき》と厳《おごそ》かさが両立されたあの建物こそが、陰陽寮の本部だ。

「さあ、こちらです」

凜が先頭になり、俺たちはレンガ造りの道を歩き、陰陽寮のエントランスへ向かう。ひとが二〇人並ぶほど幅広《はばひろ》い道。その両脇《りょうわき》には柳《やなぎ》の木が植えられ、五月の風に揺れていた。

エントランスを抜け、エレベーターに乗って最上階まで移動。廊下《ろうか》を奥《おく》まで進むと、高級な木材を使ったのだと一目でわかる、両開きの扉《とびら》があった。扉の上には、『陰陽頭執務《おんようのかみしつむ》室《しつ》』と記されたプレートがつけられている。

凜がコンコンと扉をノックした。

「中尾さんたちをお連れしました」

「ご苦労。入っていただきなさい」

巌《いわお》のようにズッシリとしたバスボイスが答える。

凜がドアノブを捻り、「失礼します」と扉を開けた。

執務室は簡素すぎる内装だった。紫《むらさき》の絨毯《じゅうたん》、奥にある、黒檀《こくたん》のデスクと大きな窓。それ以外なにもない。だが、黒檀のデスクについた、ひとりの男の存在感が、簡素な室内を厳かな空間に変えている。

男が立ち上がった。

「陰陽寮へようこそ。よく来てくれた」

男は見上げるほどの高身長で、青い着物と群青色《ぐんじょういろ》の羽織の上からでもわかる、筋骨隆々《りゅうりゅう》な体付きをしていた。

白髪交じりの髪をオールバックにし、黒い目は猛禽《もうきん》の如く鋭《するど》い。角張った顔にはわずかな皺《しわ》と威厳《いげん》が刻まれている。

男が再び口を開いた。

「私は土御門《つちみかど》晴厳《せいげん》。この陰陽寮で『陰陽頭』を務めている」

安倍晴明《あべのせいめい》を祖先に持つ土御門家の現当主にして、巨大《きょだい》組織陰陽寮で、長官にあたる陰陽頭を務める、国内最強と名高い魔術師《まじゅつし》、土御門晴厳。

その存在感は圧巻の一言。俺の両脇にいる四人が気圧《けお》されている。俺もたじろいでしまいそうになり、グッと堪《こら》えた。

「はじめまして。俺はジョゼフ・グランディエ。こちらの四人は、物部千夜、茅原《ちはら》レイア、中尾円香、アグネス・アンドレーエです」

「ご足労、感謝する。腰掛《こしか》けるものはないが許してくれ」

「いえ、お心遣《こころづか》いありがとうございます」

俺が頭を下げると、一拍遅《ぱくおく》れて四人もお辞儀《じぎ》する。

「それで、円香に解決してほしい事態とはどういったものでしょうか？」

尋《たず》ねると、「うむ」と土御門さんが頷き、結論から切り出した。

「『真言立川流《しんごんたちかわりゅう》』が復活した。中尾くんには、その解体に協力してもらいたい」

俺たちは揃って瞠目《どうもく》する。

『真言立川流』とは、過去に存在した、日本最大の邪教《じゃきょう》組織だ。鳥羽《とば》天皇《てんのう》の暗殺を企《くわだ》てたり、真言宗の主流派と敵対したりと、歴史の裏で暗躍《あんやく》していた。

淫行《いんこう》を推奨《すいしょう》し、人間の頭蓋骨《ずがいこつ》から作られた呪物《フエティシュ》『髑髏《どくろ》本尊《ほんぞん》』を祀《まつ》る異常性も危険視され、明治時代のはじめに陰陽寮の手で解体されたと聞く。

その真言立川流が復活した？

俺たちが愕然《がくぜん》とするなか、土御門さんが詳細《しょうさい》の説明をはじめる。

「復活した真言立川流は、京都各所にある神社仏閣を襲撃《しゅうげき》し、希少な魔導具《まどうぐ》や呪物を強奪《ごうだつ》している。見過ごすことは決してできない」

だが、

「真言立川流は狡猾《こうかつ》にして巧妙《こうみょう》。構成員からアジトから勢力まで、まったくつかめていない。手詰《てづ》まりの状況だ」

「事態はわかりました。ですが、円香が必要なのはどうしてですか？　彼女は優秀《ゆうしゅう》ですが、まだ学生ですよ？」

「なにも戦ってくれとは言わん。中尾くんには、『霊視《れいし》』をもって真言立川流の出現を予見してほしい」

なるほど、そういうことか。

俺は理解した。

円香は、未来や、隠《かく》された存在・情報など、常人には知り得ないものを知覚する能力
――霊視を有する巫女《みこ》だ。

『蛇と梟』との全面抗争《こうそう》の際、円香は霊視により、天使『オファニエル』の出現を予見した。天使は計り知れない力を持っており、その出現を予知するのは困難を極める。並の巫

女では不可能だろう。

それでも霊視を成功させた円香は、最高クラスの巫女ということだ。円香にならば、真言立川流の襲撃を予見できるかもしれない。

あらかじめ襲撃されることがわかっていれば、対策を立てられる。陰陽寮は円香の力を借り、真言立川流の尻尾《しっぽ》をつかむつもりなのだろう。

「で、ですが、その……れ、霊視は、偶発的《ぐうはってき》に起きるもので……わ、わたしの意思では、引き起こせないん、です！」

それまで黙《だま》っていた円香が訴《うった》えた。土御門さんを畏《おそ》れているのだろう。いつも以上に声が震《ふる》えている。

「構わん。中尾くんには『禊《みそ》ぎ』をしてもらうからね」

人間界に漂《ただよ》う『負の概念《がいねん》』――『穢《けが》れ』を祓《はら》う手法を『禊《みそ》ぎ』と呼ぶ。

禊ぎには神仏との感応性を高める効果があり、神仏からの天啓《てんけい》によって発動する霊視と相性《あいしょう》がいい。禊ぎを行えば、霊視の精度や頻度《ひんど》が上昇《じょうしょう》するだろう。

「禊ぎのため、京都にいるあいだ、中尾くんには陰陽寮の敷地内《しきちない》で寝泊《ねと》まりしてもらいたい。よろしいかな？」

俺は顔をしかめた。土御門さんの要望が、俺たちと円香を引き離《はな》すものだったからだ。

もちろん、土御門さんに俺と円香の仲を邪魔《じゃま》するつもりはないだろう。純粋《じゅんすい》に、事態の解決に必要だから言っているんだ。

土御門さんの視線は鋭く、とても拒否《きょひ》できそうになかった。万に一つもないだろうが、断れば強硬《きょうこう》手段に出そうな予感すら抱《いだ》く。

円香が不安げに俺を見つめる。揺《ゆ》れる琥珀色《こはくいろ》の瞳を見つめ返し、『心配ない』と伝えるように頭を撫《な》でた。

「ひとつ、約束してもらっていいですか？」

刃《やいば》のような土御門さんの視線を、俺は真っ向から見据える。

「真言立川流の解体が完了《かんりょう》した時点で、即座《そくざ》に円香を帰らせてください」

「構わん。事態の解決と同時に、きみたちは帰路についてもらっていい」

「ありがとうございます。約束を違《たが》えないようお願いします」

頭を下げながら、俺は決意する。

俺の力のすべてをもって解決してやる。一刻も早く、円香を日常に帰すために。

✡　✡　✡

陰陽寮を出たのは、ちょうど正午をすぎた頃《ころ》だった。

ご飯時だったので、凜は俺たちを昼食に誘《さそ》ってくれた。

案内されたのは喫茶店《きっさてん》。凜にオススメされたのは玉子サンド。なんでも、京都の名物グルメだとか。

運ばれてきた玉子サンドには、両側のパンよりも分厚いオムレツが挟《はさ》んであり、俺たちは思わず声を上げてしまった。味も非常によく、結構なボリュームだったがペロリと平らげてしまった。

俺たちが玉子サンドに舌鼓《したつづみ》を打っているあいだ、エクソシストに課された《清貧《せいひん》》によりトーストしか頼《たの》めなかったアグネスは、恨めしげにこちらを眺めていた。

食事でアグネスに羨《うらや》ましがられたのははじめてだ。アグネスにとっても玉子サンドは魅力的《みりょくてき》だったのだろう。とても申し訳ない。

喫茶店をあとにし、京都の街案内をされてから、俺たちは凜に連れられ、宿泊《しゅくはく》するホテルにチェックインした。

ちなみに円香は、俺たちと別れて陰陽寮に向かった。禊ぎのために陰陽寮で過ごす約束を、土御門さんとしたからだ。

別れ際、円香が見せた心細そうな表情が忘れられない。早く事態を解決しなければと、改めて強く思った。

円香を除く俺たち四人が泊《と》まるのは、陰陽寮から徒歩一〇分の位置にある、二〇階建ての高級ホテルだ。

俺たちにあてられたのは最上階の部屋。エレベーターで向かうと、廊下には両開きの木製扉が並んでいた。ホテルで両開きの扉を持つ部屋を見たのははじめてだ。

おそらく、俺たち全員の心の声が揃っただろう。

『あれ？　この部屋、スゴく高そう』と。

俺たちの予感は当たっていた。

「ここが先輩の部屋です。1LDK、一四〇平米のハイクラススイートですよ」

「「「やり過ぎじゃねぇ（ですよ）（だよ）（ではないだろうか）!?」」」

俺たちは頬《ほお》を引きつらせて声を荒《あら》らげる。

なんだよ、その部屋数と広さ。ホテルじゃないじゃん。家じゃん。普通《ふつう》に生活できるじゃん。

扉の先には大理石の床《ゆか》。ドギマギしながら室内を進むと、広々としたリビングダイニングが待っていた。

家具はすべてアンティーク。ガラスの天板を持つテーブルに、見るからにふかふかしていそうな二台のソファー。テレビのサイズは六〇インチはありそうで、キャビネットの上には値が張りそうな絵画と壺《つぼ》が飾《かざ》られている。

普段過ごしているリリスの家は充分《じゅうぶん》リッチだが、この部屋はレベルが違《ちが》う。高級すぎて、首の後ろがむずむずする。

「なあ、凜。こんな部屋使っていいのか？　俺はただの教師だぞ？　千夜たちに至っては学生だぞ？」

「陰陽寮はわかっているんです。今回の一件で、自分たちは先輩たちに無茶《むちゃ》を言っていると。この部屋に泊まってもらうのは、せめてもの配慮《はいりょ》ですよ」

「ありがたいけど、逆に居心地《いごこち》が悪いんだが」

俺に同意するように、三人が「「「うんうん」」」と頷いた。

そんな俺たちの反応を目にして、凜が気まずそうに眉を下げる。凜もやり過ぎだと思っているのだろう。

しかし、客人をもてなさなければ陰陽寮の面子《メンツ》に関わる。陰陽寮は、『国内最大の魔術結社の割りに、けち臭《くさ》かったな』と俺たちに思われたくないんだ。

俺たちがもてなしを受けないと、案内役失格と、凜が上に叱《しか》られるかもしれない。こんなつまらないことで大事な後輩が叱責《しっせき》されるのは忍《しの》びない。

　俺は、はぁ、と嘆息《たんそく》した。

「『ご厚意《こうい》痛み入ります。素晴《すば》らしい部屋をご用意いただきありがとうございます』って伝えといてくれるか？」

「先輩って意外に紳士《しんし》ですよね」

「意外には余計だ」

「冗談《じょうだん》ですよ。先輩が気配り上手で助かりました」

　凜がホッと胸を撫で下ろす。これで凜がどやされる心配はないだろう。

　同じく俺も安堵《あんど》していると、レイアが凜に尋ねた。

「ねえ、凜さん？　ボクたち、全員別々の部屋なの？」

「ええ、そうですよ？　なにか不都合でもあります？」

「ふ、不都合はないけど……その、費用がかさむんじゃないかなー、って」

「茅原さんはいい子ですねー！　でも、安心して！　宿泊費《しゅくはくひ》は陰陽寮が全持ちするって約束するから！　むしろバンバン贅沢《ぜいたく》しちゃったほうがお偉方《えらがた》は喜びますよ！」

「そ、そっかー……嬉《うれ》しいなー」

　言葉の割りに、レイアはちっとも嬉しそうじゃない。「あははは……」と乾《かわ》いた笑いを漏《も》らしていた。

それもそうだ。『費用がかさむ』というのは建前で、レイアの本音は、『俺と別の部屋なのがさみしい』なのだから。

千夜も、ご主人さまにお預けを食《く》らった仔犬《こいぬ》みたいにシュンとしている。いと愛らしきかな。

「次は浴室にご案内です！」

凜が室内を案内するために背中を向けた。その隙《すき》に、俺はレイアと千夜に耳打ちする。

（部屋が別だからって離れて過ごさないといけないわけじゃない。俺もふたりが恋《こい》しいし、いつでも歓迎する）

（（～～～～～～っ！））

ふたりが顔を真っ赤にして、モジモジと身じろぎする。その頬は緩んでおり、俺と一緒《いっしょ》に過ごせるのが嬉しくて仕方ないと記されているようだった。

はー、可愛《かわい》い！　抱きしめたい！　なでなでしたい！　いっそキスしたい！

愛しい恋人の反応に悶《もだ》えていると、コートの左袖がくいっと引かれる。

見ると、アグネスが唇《くちびる》を尖《とが》らせていた。とても珍《めずら》しい表情だ。

「わたしは恋しくないのだろうか？」

「へ？」

「わ、わたしと別々の部屋でいいのかという意味だ」

照れ隠しするようにアグネスがぷいっとそっぽを向く。普段のクールさとのギャップがスゴい。なにこの可愛い生き物。

それにしても、アグネスが俺《おれ》と離れるのを嫌《いや》がるとはなあ……どういう風の吹《ふ》き回しだ？

「うーん」と考え、ピンときた。

そうか。監視役《かんしやく》としての使命を果たせないからか。

教会の命《めい》により、アグネスは俺を監視している。絶大な力をつけつつある俺たちを、教会が危険視しているためだ。

俺と離れたくないのは、任務をまっとうできなくなるからだろう。真面目だなあ、アグネスは。

俺は苦笑《くしょう》して、アグネスの耳元に顔を寄せて囁く。

（アグネスも好きなときに来てくれたらいい。遠慮《えんりょ》はいらないよ）

（そ、そうか。それならよかった）

アグネスが顔をほころばせる。はじめて会ったときは冷たい印象しかなかったけど、最近は柔らかい表情も見せるようになってくれた。素直《すなお》に嬉しい。

「まったく……先生はジゴロなんですから」

「ハーレム拡大待ったなしだね」

ところで、千夜とレイアが溜息《ためいき》をついてるのはなぜだろう？

「先輩たち、なにをヒソヒソと話してるんですか？」

ふたりの謎《なぞ》の反応に首を傾《かし》げていると、いつの間にか振《ふ》り返った凜が、こちらを見ていた。ジト目を向けられて、俺たち全員がビクッとする。

「べ、別に大した話じゃないぞ？　本当に豪華な部屋だなー、とか、どうやって過ごそうかなー、とか、そんなんだ」

三人が「「「うんうん」」」と話を合わせた。

「大した話じゃないのにヒソヒソと？　ウチを仲間はずれにして？」

「いや、凜を仲間はずれにするつもりなんてないから！」

慌《あわ》ててブンブンと手を横に振るも、凜はジト目のままだ。明らかに機嫌《きげん》を損《そこ》ねている。

きまりが悪くて俺は頬を掻く。

「えっと……嫌な思いをさせたのなら謝る。なにか埋《う》め合わせしようか？」

「埋め合わせですか……」

凜が唇に指を添《そ》え、「ふむ」となにか考え、再び口を開いた。

「……じゃあ、一緒に飲みに行きましょう」

「「「ふぇ？」」」と、千夜、レイア、アグネスが唖然《あぜん》とする。

凜が人差し指を俺に突《つ》きつけた。

「先輩とウチ、水入らずのサシ飲みです」

✡　✡　✡

生ビールが注《つ》がれたジョッキが傾《かたむ》けられる。

白い喉《のど》が律動し、ゴキュッ、ゴキュッ、と生ビールが飲み干されていく。

俺はその様を半眼で眺《なが》めていた。

「ぷっはーっ！」

四杯目《よんはい》のジョッキを空にして、おっさんみたいに豪快な息をつく凜に、俺は呆《あき》れ果ててツッコんだ。

「飲み過ぎじゃね？」

凜に連れてこられたのは、大通りから逸《そ》れた小さな路地に、ひっそりと佇《たたず》む居酒屋だった。家族で経営しているらしくこぢんまりとしているが、出されるつまみはいずれも美味《うま》い。結構なグルメなだけはあり、凜の店選びに間違《まちが》いはなかった。

スーツの上着を脱《ぬ》いだ凜は、ジョッキをテーブルに置いて平然と答える。

「こんなの飲んだうちにも入りませんよ。ＲＰＧでたとえるとスライムを倒《たお》したところです」

「序盤《じょばん》も序盤じゃねぇか」

「酒豪《しゅごう》なんですよ、ウチ。お酒は水みたいなものです」

「お前の肝臓《かんぞう》はどうなってるんだ。呆れを通り越《こ》してちょっと尊敬するぞ」

「すみませーん！　生追加でー！」

凜の注文を受け、厨房《ちゅうぼう》にいる店主が「はいよー！」と気持ちのいい返事をした。

しばらく見ないあいだに凜は変な方向に逞《たくま》しくなったらしい。どんだけ飲むんだよ、こいつ。

にしても、凜と飲みに来るのははじめてだから新鮮だなあ。

凜は魔術学校を卒業すると同時に東京から引っ越した。そのため、俺は凜と飲みに行ったことがない。

煮干《にぼ》しを前にしたネコみたいに、凜が嬉しそうにねぎま串《ぐし》をつまむ。その顔は火照《ほて》り、色づいていた。どこか艶《なま》めいて映る。

そういう目で見たことないけど、こいつって相当な美人だよな。

長いまつげ、童顔ながら整った顔立ち、薄《うす》い唇はさながら梅の花。

よくいままで意識しないでいられたな、俺。まあ、凜と関係を持つことは間違ってもないけど。

「先輩、ウチのことまじまじ見てますけど、どうしたんですか？」

「い、いや、なんでもない」

視線に気づかれた俺は、慌てて凜から目を切って、生ビールのジョッキを傾ける。

イカンイカン。凜に異性を感じるなんて裏切りだ。凜は、俺と男女の関係になるなんて望んでないのだから。

反省し、俺は話題を逸らす。

「凜はよく飲みに行くのか？」

「うーん。ほかのひとと行くことはないですねー。もっぱらひとりで晩酌《ばんしゃく》してます」

「単身赴任《ふにん》のサラリーマンみたいな回答だな」

「歯に衣着《きぬ》せませんねー、先輩は。こんな可愛い後輩に慕《した》われてるんですから、もっと優《やさ》しくしてくださいよ」

「自分で可愛いとか言うなよ」

俺がツッコむと、凜はケラケラ笑った。酒豪って言ってたけど、実はできあがってるんじゃないか？

ふぅ、と溜息をつく俺に、凜が柔らかい眼差《まなざ》しを向ける。

「今日飲みに来たのは先輩と再会できたからです。ほかのひとの前では、ウチ、お利口さんなんですよ？」

気を許しきった笑顔に不意打ちされて、俺の胸が高鳴った。

それは俺が特別って意味か？　ぶっ込《こ》んでくるなあ。やめろよ、凜。照れるだろ。

顔が熱くなり、俺はさらに生ビールを飲む。赤くなっているだろう顔が、アルコールの所為《せい》だと思わせるために。

「まあ、正直もっと飲みに行って、ストレス解消したいんですけどね。教員の仕事って大変ですし」

生ビールを半分ほど飲んだところで、凜がぐてっとテーブルに突っ伏《ぷ》した。

「事務仕事が山積みですし、毎日授業の計画を立てないといけないですし、生徒ひとりひとりに気を配らないといけないですし……教師ってブラックな仕事ですよね」

「気持ちはわかるぞ。決して楽じゃないよな」

俺は苦笑し、「けど」と続ける。

「やりがいはある。大変だけど、生徒の成長を近くで眺められるのは、なにものにも代えがたい幸せだ」

それに、慕ってくれる相手がいるからな。

内心で付け加えていると、凛が目をパチクリさせた。

「……先輩、そんな顔するんですね？」

「は？」

「スゴく優しい顔してましたよ？　子どもを見守るお父さんとか、奥さんを愛する夫みたいな」

凛の指摘《してき》に俺の肩《かた》が震える。

「そっ、そんな顔してたか？　凛の見間違《みまちが》いじゃないか？」

「見間違いじゃないですよ。長い付き合いですけど、あんなに穏《おだ》やかな先輩の顔、はじめて見ました」

誤魔化そうとするが上手《うま》くいかず、俺は頬を引きつらせた。

マズいなあ、顔に出てたみたいだ。俺が、千夜とレイアと円香――三人の恋人を思《おも》い浮《う》かべていたことが。

慌てる俺に、凛がジト目を向けた。

「もしかして、中尾さんたちのこと考えてました？」

ドキーン！　と心臓が跳《は》ね上がる。

「な、なんでそんな話になるんだ？」

「だってあの子たち、先輩のこと大好きみたいですし。先輩も憎《にく》からず思ってるんじゃないですか？」

「ま、まさか。俺は教師であの子たちは教え子だぞ？」

図星を突撃槍《ランス》並みの勢いで突かれた俺は、冷や汗《あせ》ダラダラだ。

そんな俺を、ジー……、と見据《みす》え、はぁ、と凜が嘆息する。

「まったく。ウチがいないあいだに女誑《おんなたら》しになっちゃって」

「だから違うって！　ひとの話聞いてる⁉」

「魔術学校時代の先輩は初心《うぶ》で可愛かったのになー」

「可愛いって言うな！　嬉しくねぇよ！」

「嬉しくなくて結構ですー。嫌味《いやみ》で言ってるんですー」

凜がつーん、と唇を尖らせて、ねぎま串を一気に頬張《ほおば》った。よくわからないが不機嫌《ふきげん》にさせてしまったらしい。厄介《やっかい》な後輩を持ったものだ。

ひとつ息をつき、俺は苦笑する。

「まあ、機嫌直してくれ。これでも凜には感謝してるんだぞ？」

《好色》の血を継《つ》ぐ俺は《魅了《みりょう》》の特性を持っており、周りの異性を引き寄せて好意を抱《いだ》かせてしまう——望む望まないにかかわらず。

魔術学校時代、俺に好意を抱いてくれた女性と仲良くなったところ、《魅了》の影響《えいきょう》が切れ、怯《おび》えられたことがあった。それがトラウマで、俺は女性と一歩距離をとることにした。『親しくなりたい』願望を押《お》し殺して。

そんなとき、俺に声をかけてくれたのが凜だ。

俺の対応はきっとよそよそしかっただろう。にもかかわらず、凜はグイグイと距離を詰《つ》めてきた。

凜を異性として意識してしまいそうで、怖《こわ》かった。だから俺は、自分のトラウマについて打ち明けた。

俺の話を最後まで聞いて、凜はこう言ったんだ。

——じゃあ、ウチと友達になりましょうよ。

「凜がいたから、俺は学生時代を楽しく過ごせたんだ。お前がいなかったら、青春とはほど遠い灰色の日々を送っていたよ。凜が親友で本当によかった」

「『親友』……ですか」

しみじみ思いながら笑うと、凜はどこか切なそうな顔をする。これまで見たことのないその表情に、なぜか胸が締《し》め付けられた。

「凜？　どうかしたのか？」

「なんでもないですよーだ」

凜がグイッと五杯目のジョッキを空にして、ダンッ！　と叩《たた》きつけるようにテーブルに置く。

なんでもなくはないだろ！　さっきより不機嫌になってるじゃん！　目が完全に据《す》わってるじゃん！　凜がなに考えてるのか、ちっともわからん！

俺が戸惑うなか、凜がおもむろに、シャツのボタンに指をかけた。

え？　凜さん、なにしてんの？

「それにしても熱《あつ》いですねー。冷房《れいぼう》効いてないのかなー？」

プチッと外されるボタン。

ポヨンッと露《あら》わになるふたつの膨《ふく》らみ。

ポカンと間抜《まぬ》けな顔になる俺。

透《す》き通るように白い、凜の胸を包むのは、フリルがあしらわれたパステルカラーのブラだった。可愛い系が好みらしい。

俺が硬直《こうちょく》してるあいだにも凜はボタンを外していき、ついにはシャツを脱ぎ捨ててしまう。

「涼《すず》しいーっ！」

「アホか、お前はぁあああああああああああああああああああっ!!」

脳みそが再起動した瞬間《しゅんかん》、俺は羽織っていたジャケットを急いで脱ぎ、凜の肩にかけた。

「人目につくとこでなにストリップしてんだ!!　痴女《ちじょ》なのか⁉　自分が女だって自覚あるのか⁉」

「にゅふふふふー♪　先輩《せんぱい》の匂《にお》いー♪」

「酔《よ》ってるんだな⁉　そうなんだな⁉」

酒豪じゃないじゃん。ベロベロじゃん。酒は水みたいなものじゃなかったのかよ。

飼い主に甘《あま》えるネコみたいに俺のジャケットに頬ずりする凜を眺めながら、俺は深く嘆息した。

こりゃあ、放っておけないな。男として、こんな状態の凜をひとりにはできない。

「お開きにするぞ、凜。家、どこだ？　送ってく」

「先輩の送《おく》り狼《おおかみ》ー」

「ちげぇからな⁉」

　余談ではあるが、ホテルに戻《もど》ってくると、千夜、レイア、アグネスが俺の部屋の前で仁《に》王《おう》立ちしていた。

　ちょっと怖かった。

第二章　臨時講師、ジョゼフ・グランディエ

休日明けの月曜日。

今日から俺は、三輪《みわ》魔術《まじゅつ》学校で臨時講師を務め、千夜《ちよ》、レイア、円香《まどか》、アグネスは、俺が担当するクラスの生徒になる。

陰陽寮《おんようりょう》の管轄《かんかつ》下にあるためか、三輪魔術学校はその隣《となり》にあった。

扱《あつか》う魔術体系は東洋魔術――特に陰陽道《おんみょうどう》だ。

四階建ての木造校舎。その二階。二年一組が俺の担当だ。ちなみに、俺が来るまでは凜《りん》が担任を務めていたそうで、今日からは副担任として俺のサポートをしてくれる。

北城《ほくじょう》魔術女学院のそれと違う、一般的《いっぱんてき》な高校と同じ造りの教室で、俺は教壇《きょうだん》に立つ。

「今日から臨時講師を務めるジョゼフ・グランディエだ。普段《ふだん》は黒魔術を教えているが、呪術《じゅじゅつ》のほうにも心得があるから安心してくれ。よろしく頼む」

自己紹介《しょうかい》するが、反応はない。二年一組の生徒たちは、俺に値踏《ねぶ》みするような目を向けていた。

「よ、よろしくお願いします、グランディエ先生！」

よくない空気だと思ったのか、凜が率先《そっせん》して拍手《はくしゅ》する。つられて拍手する生徒はいたが、数名だった。

歓迎されてないなあ……いや、俺を測っていると表現したほうが正しいか。

三輪魔術学校は国内二位、西日本ではトップの魔術学校だ。その生徒たちはもちろん実力者。だからこそ、生半《なまなか》な教師は認められないのだろう。

はじめて魔女学の教壇に立った日に似ている。あのときも俺は歓迎されてなかった。俺以外、全員が女性の学院なので仕方ないのだが。

最後列で授業を受けている、千夜、レイア、円香も、俺と同じことを思い出しているらしい。レイアが苦笑し、千夜と円香がズーンと沈《しず》んでいる。落ち込む千夜と円香に、アグネスが不思議そうに首を傾げていた。

あの頃と比べたら、この程度のプレッシャーはなんともない。俺も教師として成長しているんだ。

それに、試《ため》されているなら解決法は簡単。こちらの実力を見せつければいい。こういう展開になると予測していたから、対策は練ってある。

俺は切り出した。

「最初の授業は『禹歩《うほ》』の実践《じっせん》にしよう。きみたちの実力を見せてもらいたいし」

生徒たちがどよめいた。

『禹歩』は『道教《どうきょう》』由来の高速移動術。凶事《きょうじ》を避《さ》けるために用いられていた歩法を、移動に応用した陰陽道だ。

陰陽道であるため、当然ながら禹歩は俺の専門外。

生徒たちがどよめいているのは、自分が扱えない魔術の授業をすると、俺が宣言したからだ。

教室内がざわつくなか、俺は素知らぬ顔で続ける。

「ちょうど二組も禹歩の実践をするらしいから、今日は合同授業にしよう」

「ちょっといい、ジョゼフ先生？」

最前列、俺の目の前にいた女子生徒が尋ねてきた。

漆塗《うるしぬ》りの如《ごと》く艶《つや》やかな、黒いミディアムストレート。ぱっちりしたブラウンの瞳《ひとみ》。

中肉中背の体を、モノトーンカラーのセーラー服で包む彼女《かのじょ》の名は、播磨《はりま》日向《ひなた》。凜曰《いわ》く、陰陽師《おんみょうじ》の名門、播磨家の生まれらしい。

「ジョゼフ先生は禹歩が使えるの？」

「いや。まったく」

「……それで授業になるの？」

播磨の視線が鋭《するど》くなった。

禹歩が使えないにもかかわらず、俺はその授業を開こうとしている。オマケに、『きみたちの実力を見ておきたい』という上から目線な発言。自分たちが品定めしていたやつに逆に試されているんだ。苛立《いらだ》つのも無理はないだろう。

だが、これでいい。教師は生徒に好かれていいが、舐《な》められてはいけない。だからこそ、俺はあえて挑発《ちょうはつ》したんだ。

そっちが試すつもりなら、こっちも乗ってやる——と。

俺はニヤッと口端《こうたん》を上げた。

「禹歩が使えれば勝てるわけじゃないぞ？」

「……どういうこと？」

怪訝《けげん》そうに眉《まゆ》をひそめる播磨に、俺は言い放つ。

「魔術を理解してるやつが勝つってことだ」

✡　✡　✡

二年一組・二組の生徒たちとともに、俺は道場に似た建物『演習場《えんしゅうじょう》』に来ていた。

演習場のなかには四つの部屋があり、そのどれもが同じ造りだ。

部屋の広さは五〇メートル×五〇メートル。演習を行う舞台《ぶたい》は三〇メートル×三〇メートル。傷《いた》んだときに取り替《か》えられるようにか、舞台は畳敷《たたみじ》きになっており、四隅《よすみ》にはそれぞれ柱が立っている。

柱には、方形を作るように注連縄《しめなわ》がかけられていた。演習の際、周りに被害《ひがい》が及《およ》ばないよう、結界を張るためらしい。

演習場の一室で俺は舞台に立ち、生徒たちに授業内容を伝える。

「今回行うのは禹歩を用いた鬼《おに》ごっこだ。俺にタッチできればきみたちの勝ち。俺にタッチされたらきみたちの負け。俺は攻撃《こうげき》にも防御《ぼうぎょ》にも魔術を使わないが、禹歩の弱点を突くためには使う」

生徒たちが困惑《こんわく》するように眉をひそめる。『禹歩の弱点』とはなにか、わからないのだろう。

「さて。最初の挑戦者《ちょうせんしゃ》は誰《だれ》かな？」

「あたしが行くよ。ジョゼフ先生の実力を見せてもらいたいしね」

戸惑《とまど》う生徒たちのなかから歩み出たのは、先ほどと同じく播磨だった。

播磨は挑戦的《ちょうせんてき》な笑《え》みを浮かべている。『実力を見せてもらいたい』と俺の言葉を真似《まね》たのは、意趣《いしゅ》返しのつもりだろう。

ノリノリだなあ、播磨。じゃあ、俺も一発お見舞《みま》いさせてもらうぞ？

「ひとりでいいのか？」

播磨の眉がつり上がった。

「俺は手の内を明かしていないが、きみたちが禹歩を使うのはわかっている。これでは公平と言えない」

それに、

「きみたちは俺を認められないんじゃないか？　そりゃあそうだよな。いきなり他所《よそ》からやってきて、『俺を先生と呼びなさい』なんて言われても、素直に従えないよな」

「だからさ？」と、俺は腰《こし》に手を当てながら告げる。

「俺が教師として相応《ふさわ》しいか、この勝負で試してくれ。二対一で構わん」

今日一番のざわめきが起きた。

ムッとする生徒がいる。俺を睨《にら》む生徒がいる。しかし、『面白《おもしれ》えじゃん』とばかりにニッと笑う生徒もいる。

「……なら、わたしも挑戦《ちょうせん》する」

そんななか、ひとりの生徒が手を挙げた。

体付き、身長、髪型《かみがた》、髪色、顔立ちまで播磨と瓜二《うりふた》つ。唯一《ゆいいつ》、ブラウンの目は眠《ねむ》そうな半開き。

「おおっ！」と生徒たちが沸《わ》く。

「二組の播磨月乃《つきの》！」

「姉妹《しまい》コンビか！　面白くなってきたぞ！」

どうやら播磨家の娘《むすめ》は双子《ふたご》だったらしい。姿がそっくりそのままなので、きっと一卵性《いちらんせい》双生児《そうせいじ》だ。

まったく同じＤＮＡを持つふたり。十中八九、息はピッタリだろう。

「……姉さんとのタッグで、二対一。いい？」

「ああ、いいぞ。存分に来い」

「……後悔《こうかい》しても、知らないからね？」

播磨妹――月乃が、播磨姉――日向とともに、舞台に上がってくる。

千夜、レイア、アグネス、円香、凜が、不安そうに俺を見つめてきた。

『心配するな』とのメッセージを笑みに込め、俺は播磨姉妹と相対する。

舞台を囲む注連縄が青白い光を放ち、舞台の四方と上方に、結界が展開された。

「思いっきり行こうね、月ちゃん」

「……ん。容赦《ようしゃ》は、しない」

日向も月乃も気合充分だ。いつでも駆《か》け出せるように、両脚《りょうあし》を肩幅《かたはば》に開き、上体をわずかに前傾《ぜんけい》させている。

演習場が静まり返り、ピン……ッ、と空気が張り詰めた。

眼差しを鋭くする俺を見て、凛が覚悟《かくご》を決めたように右手を上げる。

「――――はじめ！」

右手を振り下ろし、凛が号令をかける。

瞬間、日向の姿がブレた。

畳《たたみ》を蹴《け》り、残像を生むほどの速度で、日向がこちらに迫《せま》ってくる。禹歩だ。

来る。

それでも俺は慌てない。

「禹歩の弱点その一」

走り来る日向に対し、俺は一歩前進した。

禹歩を終えた日向が息をのむ。日向の禹歩を回避《かいひ》した俺が、背後に立っていたからだ。

「「「「は？」」」」

観戦している生徒たちが唖然とした。無理もない。彼《かれ》ら彼女らには、俺が日向をすり抜《ぬ》けたように映っただろうから。

「禹歩のステップは決まっており、北斗《ほくと》七星《しちせい》をなぞるように動く。逆に言えば、どんな軌《き》道《どう》で向かってくるか筒抜《つつぬ》けってことだ。北斗七星は柄杓《ひしやく》のかたちをしているため、到着《とうちやく》地点の前で必ず右に迂《う》回《かい》する」

そして、

「禹歩を発動するには魔力《まりよく》を脚《あし》に集めないといけない。その魔力の流れを読めば発動のタイミングもわかる。あとは簡単だ。禹歩の発動に合わせて前進すれば回避できる」

「魔力の流れを読む⁉　そんなことできるの⁉」

日向が愕然《がくぜん》とした声で訊《き》いてきた。

振り返ると、ギョッとしている日向と目が合う。

俺は、ふ、と不敵に笑った。

「できるから避《よ》けているんだよ」

言いながら、硬直している日向に手を伸《の》ばす。

「……姉さん！」

だが、決着には至らなかった。月乃が禹歩を用い、俺に急接近してきたからだ。

俺は振り返った直後。重心の関係上、月乃の禹歩を前進して避けることはできない。

だから、俺はバックステップを選んだ。

月乃の禹歩のゴール地点は俺が立つ場所。そこに到達《とうたつ》したら禹歩は一旦《いったん》終了《しゅうりょう》となる。

案の定、寸前まで俺が立っていた場所に、タッチしようと手を伸ばす月乃が現れた。

「……くっ！」

「即座《そくざ》にフォローしたか。流石《さすが》のコンビネーションだな。ちょっと危なかったぞ」

顔をしかめる月乃に、着地した俺は笑いかける。

「さあ、次はどう来る？」

「……姉さん」

「うん。一筋縄じゃいかないみたいだね」

日向と月乃の目が変わった。さっきよりもずっと真剣《しんけん》な眼差し。俺を強敵と判断したようだ。

日向と月乃が目配せをして、頷《うなず》き合う。

ふたりは分かれ、俺を中心とした円を描《えが》くように移動する。日向が時計回り。月乃が反時計回りだ。

移動するあいだ、ふたりは俺から片時も目を離《はな》さなかった。俺の動きを警戒《けいかい》し、同時に牽制《けんせい》もしている。

ふむ。そう来たか。

俺はふたりの狙《ねら》いを察する。日向と月乃は、俺を挟《はさ》み撃《う》ちするように、時間差で禹歩を用いるつもりだ。

どちらか一方の禹歩を俺が避けた瞬間、もう一方が禹歩で駆け寄り俺にタッチする。これなら、禹歩の回避方法を知っていても切り抜けられない。

弱点を突かれて間《ま》もないのに対抗《たいこう》手段を思いついたか。西日本トップの魔術学校に通っているだけはあるな。

ふたりが俺の側面への移動を終えた。上から見たら、日向——俺——月乃のかたちになっている。

ふたりが動く。

まず禹歩を用いたのは月乃だった。

一拍遅《いっぱくおく》れて日向も風となる。

なら、こっちはこうだ。

「禹歩の弱点その二」

俺はトン、と畳を踏《ふ》み、腰のポーチから取り出した短剣《たんけん》を宙に放る。

俺の立つ場所に『暗剣殺《あんけんさつ》』の文字が記された。

直後、俺に迫っていた月乃と日向が急停止する。禹歩が中断されたからだ。

月乃と日向が目を剥《む》く。

「どうして⁉」

「禹歩はもともと、凶事を避けるために用いられていた歩法だ。高速移動に応用されたいまでも、その本質は変わらない。つまり、禹歩は凶《きよう》方位に進めない。だから俺は、自分が立つ場所を『方位術《ほういじゆつ》』によって凶方位に変えた」

方位による吉凶《きつきよう》を操《あやつ》る東洋魔術を『方位術』と呼ぶ。俺が用いたのは、そのひとつ『暗剣殺』――マークした場所を凶方位に変える魔術だ。

日向と月乃の禹歩が中断されたのは、凶方位に進めないから。到着点《とうちやくてん》を凶方位に変えられてしまったからだ。

禹歩が中断されたふたりは、ギリギリ俺に触《ふ》れられない位置にいる。俺に一歩近づかれれば、タッチされてしまう位置だ。

「――――っ！」

危険な状況《じようきよう》だと気づいたのだろう。日向と月乃が重心を後ろに傾けた。その脚に魔力が集まっていく。俺から遠ざかるため、禹歩でバック走するつもりだ。

だが、俺はふたりの行動を読んでいた。すでに手は打ってある。

先ほど、暗剣殺の発動と同時に放り投げた短剣が、クルクル回って畳に刺《さ》さった――日向と月乃の背後に。

短剣が刺さった場所が金色に輝《かがや》く。

同時、日向と月乃の禹歩が阻止《そし》された。

「「ふぇっ⁉」」

「金属がある場所を凶方位に変える『金神七殺《こんじんしちせつ》』だ。さっき言ったとおり、禹歩は凶方位に向かえない。発動させようとしても、いまのきみたちみたいに失敗に終わる」

予想だにしなかっただろう事態に、日向と月乃が目を丸くする。

ふたりの重心は後ろに傾いているが、禹歩が使えないため移動することはできない。結果、ふたりはワタワタと両腕《りょううで》を振り回し、仰向《あおむ》けに倒れた。

「「きゃんっ！」」

仔犬《こいぬ》の鳴き声みたいな可愛らしい悲鳴が上がる。

俺はクスリと笑みをこぼし――

「はい、タッチ」

ポン、ポン、と日向と月乃の脚に、それぞれタッチした。播磨姉妹との鬼ごっこは俺の勝利だ。

呆気《あっけ》ない決着に、生徒たちがポカンとしている。

俺はニカッと笑った。

「どうだろう？　俺はきみたちのお眼鏡に適《かな》ったかな？」

✡　✡　✡

三輪魔術学校の食堂は、寺院の本堂に似た建物だった。

なかは畳敷きの大広間になっており、扉《とびら》は障子戸。窓にはすだれがかけられた、純和風の造りだ。

この時期は蒸《む》し暑《あつ》いためか、障子戸が開け放たれ、すだれも上げられていた。風通しがよくて涼《すず》しい。

そんな食堂内。昼休み。鯖《さば》の味《み》噌《そ》煮《に》定食を食べる俺の周りには、たくさんの生徒が集まっていた。

「まさか誰も勝てないなんてなー」

「ジョゼフ先生はとてもお強いんですね！」

「どうしたらあんな実力をつけられるんですか？」

その誰もが友好的な表情をしている。数時間前まで俺《おれ》を値踏みしていたとは思えないフレンドリーさだ。

三輪魔術学校は国内屈指《くつし》のエリート校。力があれば尊敬されるのだろう。実力主義の校風なんだ。

禹歩の授業で、俺を捕《つか》まえられた生徒はひとりもいなかった。だから、彼ら彼女らは俺を認めたのだろう。

千夜、レイア、円香、アグネス、凛も、俺が認められて嬉《うれ》しいのか「「「「「むっふー」」」」」とドヤ顔をしている。

「本当にスゴいよ！　試すような真似してゴメンね、ジョゼフ先生！」

「……身《み》の程《ほどし》知らずだった。反省」

俺の右側に座《すわ》る日向が人懐《ひとなつ》っこい笑みを浮かべ、左側に座る月乃がペコリと頭を下げた。

これが彼女たちの素《す》なんだろう。日向は明るく、月乃は礼儀《れいぎ》正《ただ》しい。刺々《とげとげ》しかったのは、俺を認められなかったからなんだ。

「別にいいさ。認めてくれたのなら嬉しいよ」

「ジョゼフ先生は優しいんだね！」

「……器《うつわ》の大きさ、わたしたちも見習いたい」

というか、今度は過大評価がすぎないか？　そんなに褒《ほ》められるとむず痒《がゆ》いんだが。

苦笑《くしょう》して頬《ほお》を掻《か》いていると、日向と月乃がピトッとくっついてきた。

両腕に、ふにっ、と柔《やわ》らかい膨らみが当てられて、俺はドキッとする。

「ねえ、ジョゼフ先生？　あたしたちも先生みたいに強くなりたい！」

「……どんな訓練をすれば、強くなれる？」

「そ、それはあれだ！　信頼《しんらい》できる恩師の教えをしっかり守ることだな！　俺もはじめから強かったわけじゃない、師匠《ししょう》がよかったからだし！」

「ジョゼフ先生の師匠？」

「……気になる。教えて？」

「お、教えるから、ちょっと離れようか？」

やんわりと注意するが、日向と月乃は離れない。むしろますます身を寄せてくる。

ふたりとも、よっぽど俺に懐《なつ》いたんだろうなあ。めっちゃグイグイくる。

悪い気はしないのだが、押しつけられる胸の感触《かんしょく》が、男の性的《さがてき》に困る。

頬をひくつかせていると、突如《とつじょ》として口に衝撃《しょうげき》が走り、「もごぉっ!?」と俺は瞠目《どうもく》した。

正面に座っている、千夜、レイア、円香が、身を乗り出して俺の口に箸《はし》を突《つ》っ込んだんだ。

無理矢理《むりやり》口に突っ込まれた、小松菜のおひたしの味が、舌の上に広がるなか、俺は冷《ひ》や汗をダラダラと流す。

「先生？　お食事中に騒《さわ》ぐのは感心しません」

「日向ちゃんと月乃ちゃんもお行儀《ぎょうぎ》が悪いよ？」

「ご、ご飯に、失礼ですから、ね？」

三人ともニッコリ笑っているが、言い知れない威圧《いあつ》感があった。『ズモモモモ……』と謎《なぞ》の音が聞こえ、黒いオーラが漂《ただよ》っているように見える。

集まっていた生徒たちが、三人の迫力《はくりょく》に気圧《けお》されて押し黙《だま》った。日向と月乃が「「ぴゃうっ!?」」と震《ふる》え、ススス……、と俺から離れていく。

「先生。過《あやま》ちにはくれぐれも気をつけてほしい」

「みんなもご飯に集中しましょうね？」

「「「「「ひゃいっ！」」」」」

アグネスと凜も、三人と同じ笑み、同じ威圧感をまとっていた。

播磨姉妹を含《ふく》む全員がコクコクと頷き、食事に戻る。全員が青ざめており、誰も喋《しゃべ》ろうとしない。

千夜、レイア、円香はヤキモチを焼いてくれたんだろうけど、箸が突っ込まれるとは思わなかった。俺の心臓、一瞬《いっしゅん》だけど止まってたんじゃないか？

ところで、千夜、レイア、円香はわかるけど、アグネスと凜はどうして怒《おこ》ってるんだろうな？

✡　✡　✡

夕方。ホテルに戻ってきた俺は、リビングで今後の授業予定を立てていた。

俺が臨時講師になったのは円香を早く帰すためだが、三輪魔術学校の教員になったことに変わりはない。ちゃんと授業をして、生徒たちを導かなければならない。

千夜、レイア、円香、アグネスは、三輪魔術学校の生徒たちと親睦会《しんぼくかい》をしている。一時的にではあるが、四人と三輪魔術学校の生徒たちは仲間になる。やはり仲良くなるのが一番だ。

ノートパソコンのキーボードを叩いていた俺は、ふぅ、と息をついて、首をコキコキ鳴らす。

ちょっと疲《つか》れたな。一休みしよう。

コンコン、と扉がノックされたのはそのときだった。

誰だろう？　ルームサービスを頼《たの》んだ覚えはないんだが……。

「いま出ます！」

訝《いぶか》しみながらも、俺は扉を開ける。


メイドさんが立っていた。


俺は唖然《あぜん》とする。メイドさん——正確には、メイド服を着たアグネスがいきなり現れたんだ。驚《おどろ》かないほうが難しい。

アグネスが着ているメイド服は、本来のものとは異なり、ミニスカートでフリルたっぷり、露出《ろしゅつ》も多めなメイド喫茶《きっさ》スタイルだ。

言葉もなく立ち尽《つ》くしていると、アグネスが口を開いた。

「お帰りなさいませ、ご主人さま」

「もうどこからツッコめばいいんだ！」

思わず叫《さけ》んだ俺に、アグネスがコテンと首を傾《かし》げる。呑気《のんき》なもんだなあ、こっちは混乱の真っ最中なのに。

なんでここにいるんだよ！　なんでメイド服を着てるんだよ！　というか、どこからメイド服を調達してきたんだよ！　あと、俺はずっとここにいるから『お帰りなさい』は間《ま》違《ちが》いだ！

心のなかで怒濤《どとう》の連続ツッコミを決める。漫才《まんざい》でもこんなに畳《たた》みかけないぞ。

溜息《ためいき》をつき、俺はこめかみをグリグリと指圧した。

「ひとつずつ確認《かくにん》していこう。アグネス、きみはなぜここにいる？　親睦会はどうした？」

「早退してきた。わたしには、この姿を先生に見せるという大切な用事があったからだ」

「ちっとも大切だとは思えないが、いちいちツッコんでたら切りがないから置いておく。そもそも、そのメイド服はどこから調達してきたんだ？　それに、エクソシストの《清《せい》貧《ひん》》で、施《ほどこ》された服以外は着られないんじゃなかったか？」

「問題ない。このメイド服はリリス先生にもらったもの——つまり、施されたものだ」

リリスは本当に引っかき回すなあ。俺の驚く様を想像してクスクス笑っているリリスが、いとも簡単に想像できるわ。

「じゃあ、どうしてメイド服を着ているんだ？」

「それは……」

最後の質問に、アグネスが頬を赤らめてうつむき、モジモジした。

なにこの反応。萌《も》えるんですけど？　心がピョンピョンするんですけど？

想定外の反応に胸を高鳴らせていると、うつむいていたアグネスが、チラリと俺を見上げる。

「リ、リリス先生に、こういう格好をすると先生が喜ぶと、聞いたからだ」

「…………へ？」

「つ、つまり、先生に喜んでもらいたくて、わたしはメイド服を着たということだ」

意外すぎる答えに、俺は再びポカンとした。

俺に喜んでもらいたくて？　もの凄《すご》く健気《けなげ》な台詞《せりふ》だけど、アグネスってこんなキャラだっけ？

呆然《ぼうぜん》として言葉を発せないでいると、アグネスが純金色の瞳を不安そうに潤《うる》ませる。

「やはり、わたしのように無愛想《ぶあいそう》な者には、メイド服など似合わないだろうか？」

「そ、そんなことないぞ！　似合ってる！　めちゃくちゃ可愛《かわい》い！」

「ほ、本当!?」

アグネスがズイッと顔を近づけてきた。芸術品みたいな美貌《びぼう》に急接近され、俺の体温が急上昇《きゅうじょうしょう》する。

アグネスの美貌を直視できず、俺は顔を逸《そ》らした。

「ほ、本当だ。可愛すぎてビックリした」

「う、嬉《うれ》しいだろうか？」

「じょ、女性にここまでされて、嬉しくない男なんかいないだろ」

「そ、そうか！」

アグネスが目を細め、頬を緩《ゆる》める。欠片《かけら》も無愛想じゃない、タンポポみたいに優《やさ》しげな笑顔《えがお》だった。

ますます体が熱くなり、俺は顔を手で覆《おお》った。きっと真っ赤になっているだろうから。

気のせいじゃないよな？　アグネスがどんどん可愛くなってきてるのは。


「なあ、アグネス？　メイド服を着てくれただけで充分《じゅうぶん》嬉しいし、そこまでしなくていいんだぞ？」

「遠慮《えんりょ》はいらない。いまのわたしはご主人さまのメイドだ。忙《いそが》しいご主人さまのお世話をするのはメイドの役目だ」

リビングから声をかけると、キッチンにいるアグネスが明るく返事をした。いまにも鼻歌を奏《かな》でそうなほどご機嫌《きげん》な声で。

あれから俺は仕事に戻ったのだが、アグネスも一緒《いっしょ》に部屋に入り、給仕《きゅうじ》をすると言い立てきた。尻尾《しっぽ》をブンブン振《ふ》る犬みたいにステキな笑顔をしていたので、断り切れずいまに至る。

キーボードを叩《たた》く手を止め、俺は「うーん」と首を捻《ひね》った。

「最近のアグネス、様子がおかしくないか？　ここまでかいがいしい子だっけ？　『ご主人さま』呼びまでしてるし……」

なにがアグネスを変えたんだ？　監視役《かんしやく》としての使命か？　いや、そんなわけないよな。メイドと監視役に繋《つな》がりなんてないし。

「ご主人さま、お茶の準備ができた」

ああでもない、こうでもない、と唸《うな》っていると、柔らかい笑みを湛《たた》えたアグネスが、ティーセットを載《の》せたトレイを運んでくる。

まあ、考えるのはあとにして、いまはアグネスの奉仕《ほうし》を堪能《たんのう》しよう。せっかくメイドさんになってくれてるんだ。男の夢みたいな状況じゃないか。

「ひゃっ⁉」

俺が疑問を棚上《たなあ》げしたとき、アグネスが小さく悲鳴を上げた。

アグネスの体が前に傾《かたむ》いている。どうやら脚をもつれさせてしまったらしい。

前のめりに倒《たお》れていくアグネス。

「危ない！」

俺は慌《あわ》てて駆け出し、アグネスを抱《だ》き留《と》めた。

ホッと胸を撫《な》で下ろす。直後、宙を舞《ま》うティーポットから紅茶がこぼれ、安堵《あんど》する俺の顔面を直撃《ちょくげき》した。

「熱《あっち》いいいいいいいいいいいいいいいいいいいいいいいいいいいっ!!」

「ご主人さま!?」

淹《い》れ立ての紅茶だ。熱いなんてものじゃない。熱いというか、もはや痛い。激痛だ。床《ゆか》を転げ回ることなくアグネスを支え続けられた自分を褒めてあげたい。

「もも申し訳ない！」

腕《うで》のなかのアグネスが涙目《なみだめ》でアワアワしている。こんなに慌てているアグネスは見たことがない。

熱くても我慢《がまん》しろ、ジョゼフ・グランディエ！　これ以上、アグネスを不安にさせられないだろ！

火傷《やけど》の痛みを気合で堪《こら》え、俺は無理して笑顔を作った。

「大丈夫《だいじょうぶ》だ。それよりアグネスは平気か？」

「わ、わたしは問題ないが、ご主人さまが……」

「俺のことは心配するな。アグネスが無事ならよかったよ」

「そ、そういうわけにはいかない！」

微笑《ほほえ》みかけるが、アグネスの瞳は潤んだままだ。

「メイドがご主人さまに迷惑《めいわく》をかけてはいけない！　たしか、こういうときの台詞は……お仕置きしてください、ご主人さま！」

「なぜそうなる⁉」

「リリス先生から教わった！」

「聞くまでもなかった！」

「て、適切な台詞ではなかっただろうか？　で、では、こちらだろうか……躾《しつ》けてください、ご主人さま！」

「それも違《ちが》う！」

やめてくれ、アグネス。想像しちゃうから。邪念《じゃねん》が湧《わ》いてくるから。

「とにかく、アグネスが気にかける必要はない。誰にでも失敗はある」

「い、いや、それではメイド失格だ！　せめてもの詫《わ》びをさせてほしい！」

「そこまでメイドにこだわらなくていいんじゃ……」

「ダ、ダメだろうか……？」

「ダメじゃない！　ダメじゃないから泣くな！　雨に濡《ぬ》れた仔犬みたいな目で俺を見るな！」

「で、では、精一杯挽回《せいいっぱいばんかい》させてもらう！」

ああ……勢いで承諾《しょうだく》してしまった。

俺は、はあぁ……、と深く深く嘆息《たんそく》する。

ここまでのやり取りでわかるように、アグネスはかなりズレている。だから、嫌《いや》な予感しかしないんだよなあ。

俺は力なく笑った。

「……お手柔《てやわ》らかにお願いします」

✡　✡　✡

「気持ちいいだろうか、ご主人さま？」

「あ、ああ、気持ちいいぞ？」

「ふふっ、それはよかった」

俺の頭をシャコシャコ洗うアグネスが笑みを漏《も》らす。

ここは浴室。ジャグジー付きの円形のバスタブと、京都《きょうと》の街並みを一望できる大きな窓を持つ、豪勢《ごうせい》な風呂《ふろ》だ。

服を脱《ぬ》いで腰にタオルを巻いた俺に、アグネスはシャンプーしてくれていた。詫びとはシャンプーのことだったんだ。

絶妙《ぜつみょう》の指圧加減が心地《ここち》いいのだが、俺はどうしてもリラックスできなかった。鏡に映るアグネスが、バスタオル一枚という際《きわ》どすぎる格好だから。

アグネスは俺を先に浴室に入れ、続いてバスタオル一枚で自分が入ってきた。あまりの驚きで絶句しているあいだにアグネスは俺の背後に回り、手早くシャワーをかけ、あれよあれよという間にシャンプーをしはじめた。結果、俺は断るタイミングを完全に失ってしまったわけだ。

まさかここまでするなんて……相当な罪悪感を覚えていたんだろうなあ。だからこそ、余計に中断させづらいんだけど。

バスタオル一枚の美少女に頭を洗ってもらうなんて、正直、垂涎《すいぜん》のシチュエーションだ。千夜、レイアと浴室で致《いた》したことがないので、新鮮《しんせん》さもある。

でもマズくないか!?　恋人《こいびと》でもない女の子に、バスタオル一枚でシャンプーしてもらうなんて！

嬉しさと気まずさのサンドイッチで悩《なや》んでいるうちにシャンプーは終わった。アグネスがシャワーをかけ、泡《あわ》を洗い落とす。

よ、よし！　なんだかんだでシャンプーは終わりだ！

断ることはできなかったが欲望を抑《おさ》えることはできた。アグネスの罪悪感も晴れただろう。これにて一件落着。

「ありがとう、アグネス。気持ちよかったよ」

「それはよかった。ご主人さまに喜んでもらえてわたしは嬉しい」

「ああ。それじゃあ――」

「それでは……っ、次はご奉仕をはじめる」

「はぇ？」

え？　次？　終わりじゃないの？

アグネスの言葉に俺は唖然とする。

頬どころか、ビスクドールの如《ごと》き白肌《しらはだ》を、全身くまなく色づかせ、アグネスが恥《は》ずかしがるように唇《くちびる》をムニャムニャ波打たせ――

「え、えいっ！」

躊躇《ためら》いを振り払《はら》うようにバスタオルを脱ぎ捨てた。

露《あら》わになるアグネスの裸体《らたい》。小ぶりながらもぷるんとした、ふたつの胸の膨《ふく》らみと、尖《せん》端《たん》のベビーピンクの蕾《つぼみ》が、鏡越《ご》しに俺の目に焼き付く。

そのあまりの美しさに見とれそうになり、俺は慌てて顔をうつむけた。

「なななにやってるんだ⁉」

「わ、わたしはご主人さまに、淹《い》れ立ての紅茶をかけるというとんでもない粗《そ》相《そう》を働いてしまった。だが、お仕置きも躾けもされてない」

「して堪《たま》るか！」

「それではわたしの気が済まない！　だ、だから、リリス先生に教わったご奉仕をしたいと思う！」

「なに教えてるんだ、リリスゥ――――――――――――ッ‼」

千夜、レイア、円香に教えるならまだわかる！　むしろ積極的にレクチャーしてほしい！けど、アグネスは違うだろ！　恋人じゃないんだからさ！　ご奉仕なんてさせていいわけないでしょうよぉおおおおおおおおおおおおおおおおお‼

内心で絶叫《ぜっきょう》しているあいだに、アグネスは準備を終えていた。

精霊《せいれい》を想起させる、しなやかな体を泡まみれにして――

「し、失礼する、ご主人さま」

ギュッと俺を抱きしめる。

プニュン

慎《つつ》ましくもたしかにある膨らみが、俺の背中で潰《つぶ》れる。「んっ♥」と、甘《あま》い声がアグネスの口から漏れた。

プルッとした胸の感触、ふたつの尖端のしこり、女体《にょたい》特有の柔らかさに、血液が沸騰《ふっとう》したかのように全身が熱くなる。

ガッチガチに体を強張《こわば》らせていると、アグネスがズリズリと体を擦《こす》りつけはじめた。

「んっ……ふぅ……き、気持ちいいだろうか？」

「とととととてもよろしいですけど、も、もう充分《じゅうぶん》だから――」

「嬉しい……もっと気持ちよくなってほしい」

「俺の声、届いてる⁉」

俺の制止を完全にスルーして、なおもアグネスが胸と体を擦りつける。上下運動を基本とし、左右にもくねらせながら、俺の背中にご奉仕する。

「はぁ……くっ……んぅっ♥」

アグネスの声が艶《なま》めいてきた。金の瞳《ひとみ》はトロンと蕩《とろ》け、熱い吐息《といき》が俺のうなじをくすぐる。時折、ビクッ、と体を震わせるアグネスの、ふたつの尖端はコリコリにしこりきってていた。

アグネスの嬌態《きょうたい》に背筋がゾクゾクし、血がざわめく。紫色《むらさきいろ》の魔力が溢《あふ》れ出す。

《好色》の血の活性化。人格変容の兆《きざ》し。俺の本能がアグネスを求めている。

マズい！　このままではアグネスを抱いてしまう！　傷つけてしまう！　《愛》のないセックスなんてダメだ！　俺は母さんを犯《おか》したあのクソ野郎《やろう》みたいには絶対にならない！

俺はガリッと舌を噛《か》む。口内に血の味が広がり、湧き上がりつつあった欲望が鎮《しず》まっていく。痛みで無理矢理人格変容を阻止したんだ。

理性を取り戻《もど》し、俺は声を張る。

「やめろ、アグネス！」

「だ、だが……」

「これは『命令』だ！」

アグネスが目を見開いた。京都までの旅路で行った、ババ抜き大会の優勝賞品――『なんでも命令できる権利』を、俺が行使したと気づいたのだろう。

アグネスが硬直《こうちょく》する。その隙《すき》を突いて俺は振り返り、アグネスの両肩《りょうかた》をつかんで引き剥《は》がした。

「アグネスが尽くしてくれて俺は嬉しい。けど、こういうのは好きなひとができたときまでとっておこう」

できるだけ優しい声音《こわね》で諭《さと》し、「な？」と同意を求める。

アグネスが瞳を揺《ゆ》らし、うつむいた。

「そう……だな。先生には、物部《もののべ》千夜が、茅原《ちはら》レイアが、中尾《なかお》円香が——魅力的《みりょくてき》な恋人《こいびと》が三人もいる。わたしなんかより、彼女《かのじょ》たちにしてもらったほうが嬉しいだろう」

アグネスはかすかに震えながら自嘲《じちょう》するような笑《え》みを浮《う》かべていた。触れただけで壊《こわ》れそうなほど儚《はかな》く、けれど、抱きしめずにはいられないほど切ない笑み。

それはまるで、恋に破れたか弱い乙女《おとめ》。

俺は目を剥く。

「まさか……アグネス、きみは……」

俺が核心《かくしん》に迫《せま》る——寸前。

「ここかしら⁉」

「先生！　アグネスちゃん！　いる⁉」

浴室のドアが勢いよく開け放たれ、千夜とレイアが駆《か》け込《こ》んできた。

俺とアグネスの肩《かた》がビクッと跳《は》ねる。

アグネスが、ギギギ……と、錆《さ》び付いた歯車みたいな動きでふたりのほうを向いた。

「も、物部千夜……茅原レイア……」

「アグネスさんの部屋にも先生の部屋にも誰《だれ》もいませんし、どこにいるかと捜《さが》してみたら……」

「親睦会を早退してまでアプローチするなんてズルいよ、アグネスちゃん！」

千夜とレイアがぷくぅっと頬を膨らませる。

アグネスの全身がさらに赤く、茹《ゆ》で蛸《だこ》みたいに染まった。

金眼《きんめ》をグルグルと回し、口をワグワグさせて――

「みゃ、みゃぁあああああああああああああああああああああああっ!!」

ネコみたいな鳴き声を上げて、アグネスが浴室から逃走《とうそう》する。

場違《ばちが》いな感想だけど、背中とお尻《しり》がとてもキレイだった。

「さて、先生？」

「弁解はある？」

千夜とレイアがヒタヒタと歩いてくる。ふたりともニッコリ笑っているが、目がちっとも笑っていない。

俺はガタガタ震えて、ただ一言。

「し、執行猶予《しっこうゆうよ》だけでもつけてもらえせんかね？」

✡　✡　✡

「なるほど。そういう経緯《けいい》でしたか」

「そういうときはちゃんと断らないといけないんだよ！」

「反省します……」

仁王《におう》立ちする千夜とレイアの前で、俺は正座状態で萎縮《いしゅく》していた。

アグネスとのあいだに起きた出来事を洗いざらい全部吐《は》き、俺は判決を待つ被告人《ひこくにん》の気分を味わう。

「まあ、先生から迫ったのでないなら許します」

「ただし、ちゃんと埋《う》め合わせはしてね？」

「ありがたきお言葉！」

ふたりの寛大《かんだい》さに、俺は土下座で浴室のタイルに額をつけた。

ただでさえハーレムを作ってるのに、ほとんど浮気《うわき》なプレイをしてしまった俺を許してくれるなんて……ふたりは女神《めがみ》か！

何度となく誓《ちか》ったけれど、千夜もレイアも死ぬまで愛そう。いや、死んで魂《たましい》になって生まれ変わっても愛し抜《ぬ》こう。

「それにしても、アグネスさんがそんなことをするなんて……」

「やっぱりそうだよね、千夜ちゃん」

「ええ。間違いないでしょうね」

千夜とレイアが目を合わせ、はぁ、と溜息をついた。

「間違いないって？」

意味がわからず尋《たず》ねると、ふたりは諦《あきら》めたような苦笑を浮かべる。

「いまは話せません」

「アグネスちゃんが打ち明けてくれるときまで、待っててあげて」

「よくわからないけどわかった」

俺は素直《すなお》に頷《うなず》いた。無理して聞き出してはいけないような気がしたから。

「と、ところで、先生は先ほどまで、アグネスさんにお背中を流してもらっていたんですよね？」

「ん？　ああ」

「けど、アグネスちゃんが逃《に》げ出しちゃったから、洗い終えてないよね？」

千夜とレイアが急にソワソワしはじめた。頬を赤らめ、チラチラと意味深な視線を送ってくる。

ふたりのこの表情を、俺はよく知っていた。俺と愛し合う直前に見せてくれる表情だ。

おそらくふたりとも、アグネスに嫉妬《しっと》したんだろう。千夜とレイアも、俺にご奉仕したいらしい。

俺たちは想《おも》い合っている。体だって何度も重ねた。拒《こば》む理由なんてどこにもない。ふたりがそのつもりなら大歓迎《かんげい》だ。

俺は本能に従う。遠慮なんてしない。ふたりは――俺の恋人たちは、遠慮なんて望んでいない。

「そうだね。手伝ってくれるかな？　ふたりの体で俺を洗ってほしい」

紫色の魔力《まりよく》をまとい、髪《かみ》を金色《こんじき》に染め、人格変容した俺は目を細める。

ふたりがブルッと体を震わせた。

「「……はい♥」」

甘く妖《あや》しく微笑みながら。

「はぁ……んっ……くぅん♥」

「せんせぇ、ボクたちの体、気持ちいい？」

一旦《いったん》脱衣《だつい》所に戻り、生まれたままの姿になってきたふたりは、協力して俺《おれ》の体を洗っていた。千夜はこぼれんばかりの豊かな胸を背中に、レイアは愛らしい体すべてを右腕《みぎうで》に、押《お》し当てて擦りつけている。

こうしてふたりの体を感じていると、その違いがよくわかった。

千夜はレイアより肉付きがよく、もっちりした感触。

レイアは千夜より肌《はだ》の張りがよく、プリプリした感触。

どちらがいいという話ではない。どちらも素《す》晴《ば》らしく、極上《ごくじょう》の美少女ふたりの体を堪能できる俺は、きっと世界一の幸せ者だという話だ。

「ああ。気持ちいいよ、レイア。いい子にはご褒美《ほうび》をあげよう」

俺はレイアに微笑みかけ、顔を寄せて唇を奪《うば》う。強引《ごういん》なキスだが、レイアは一切抵抗《いっさいていこう》することなく、迎《むか》え入れるように唇を寄せてきた。

しっとりしたベージュピンクの唇にちゅっちゅっと何度も吸い付き、ゼリーみたいな柔らかさを楽しむ。

たっぷりと唇の感触を味わい、続いて俺は、舌先でツンツンと合図を送った。

俺の合図に気づいたレイアが薄《うす》く唇を開く。どちらからともなく舌を伸《の》ばし、俺たちは互《たが》いの口内を愛し合う。

「んっ……ちゅっ……ふぁ……」

俺たちは見つめ合いながら、舌と舌とを絡《から》めた。溢れてくる唾液《だえき》まですすりとり、互いの味を確かめ合う。

情熱的なディープキスをしながら、俺は中指を軽く折り曲げ、グリグリとレイアの腹部を刺激《しげき》した。

「んぁんっ♥！」

弱点を攻《せ》められて、レイアの腹部がキュンッとへこむ。構わずなおも舌と腹を愛《め》でると、律動は加速し、痙攣《けいれん》のようになっていった。

それでもレイアは唇を離《はな》さない。むしろ、より激しく、より艶めかしく、より貪欲《どんよく》に、俺の唇と舌と唾液をねだってくる。

健気だね、レイア。そんなに欲《ほ》しがってくれるなんて、男冥利《おとこみょうり》に尽きるよ。

積極的なレイアに昂《たか》ぶった俺は、魔力を中指に集中させた。

「ふぅううううんっ♥⁉」

ビクンッ！　とレイアの体が大きく跳ね、スカイブルーの瞳がまん丸に見開かれる。

俺の魔力には、快楽を増幅《ぞうふく》させる効果がある。その効果を用いた攻めだ。到底《とうてい》耐えられるものじゃない。

「んんんんんんんんんんんんんんんんっ♥♥!!」

たちまちレイアは快感の果てまで連れていかれ、全身をビクビクと痙攣させる。

チュパッと音を立てて唇を離すと、レイアの顔は悦楽《えつらく》に蕩けていた。

「い、いきなり激しすぎるよぉ……♥」

「ゴメンゴメン。レイアが可愛すぎてね」

「もう……そんな嬉《うれ》しいこと言われたら、文句言えないよぉ」

はぁはぁと荒《あら》い呼吸をするレイアに、俺はもう一度、ちゅっと口づける。

「せんせぇ……レイアさんばかりズルいです。わたしもぉ……」

「仰《おお》せのままに」

首を伸ばしてねだってくる千夜に、俺は振り返って唇で応えた。

レイアにしたように繰《く》り返し唇を重ね、舌と舌とを絡め合わせる。

「今度はこっちも洗うね？」

千夜とのキスを楽しんでいると、レイアが俺の左脚《ひだりあし》をまたいだ。

しなやかな両腿《りょうもも》で俺の脚を挟《はさ》み、ズリズリと前後にこすりはじめる。

「んっ！　はぅぅ……こすれるぅ♥」

内股《うちまた》になったレイアが、ピクンッ、ピクンッ、と身震《みぶる》いした。一番敏感《びんかん》な、女の秘部をこすりつけているのだから、無理もない。

レイアの自慰《じい》が俺の獣欲《じゅうよく》に薪《まき》をくべる。滾《たぎ》りに滾った獣欲が、千夜への攻めを激しくさせた。

俺は千夜の舌を絡め取り、唇ではむっと捉《とら》え、しごくように刺激する。

「んうぅっ⁉　んっ！　くぅんっ♥」

千夜の舌先がビクビクと痙攣し、俺を抱きしめる両腕《りょううで》が、ギュゥ……ッ、と強張った。

どうやら軽く達してしまったらしい。

舌と唇を解放し、俺はトロンとした黒真珠《くろしんじゅ》の瞳を見つめる。

「舌だけで果てちゃうなんて、千夜はどんどんいやらしくなっていくね」

「イ、イジワル言わないでください……」

「イジワルなんかじゃない、褒《ほ》めてるんだよ。いやらしい恋人が嫌《きら》いな男なんていない。

俺はエッチな千夜が大好きだ」

「本当、ですか？」

不安げに眉《まゆ》を下げる千夜に顔を近づけ、俺は耳元で囁《ささや》いた。

「本当だよ。だから、もっとエッチになっていいんだ。エッチな千夜を俺は見たい」

その囁きだけで感じたのだろう。千夜がピクンッと身じろぎする。

「はい……せんせぇが喜んでくれるなら♥」

千夜が前に回り、レイアの反対側――俺の右脚《みぎあし》をまたいだ。

「はぁ……はぁ……んっ！　はぁんっ♥！」

レイアと同じく両腿で俺の脚を挟み、股《また》を使って洗いはじめる。

いや、洗うなんて方便だ。これは快楽を貪《むさぼ》る自慰にして、俺の目を楽しませるご奉仕。

事実、俺の両腿はふたりの秘裂《ひれつ》から溢れた愛蜜《あいみつ》でベトベトになっていた。

淫《みだ》らにくねる腰《こし》に合わせ、千夜の胸がタプタプと揺れ、レイアの腹がキュンキュンとへこむ。

浴室にはふたりの嬌声《きょうせい》が反響《はんきょう》し、甘酸《あまず》っぱい女のフェロモンが立ちこめ、愛欲に塗《まみ》れた淫靡《いんび》な空間へと変えていた。

「可愛いよ、ふたりとも。今度は俺が洗ってあげよう」

この状況《じょうきょう》で欲情しない男なんていない。俺は両手を伸ばし、右手で千夜の胸をつかみ、左手をレイアの腹に当てる。

「「はうっ♥！」」

ふたりが揃《そろ》って甘く鳴いた。

俺はクスリと笑みをこぼし、千夜の胸を揉《も》みしだき、レイアの腹を撫で回す。

「あんっ！　ひっ！　ふゃぁあああんっ♥！」

「ひんっ！　ふあぁっ！　んきゅぅううううっ♥！」

ねっとりふわふわな千夜の胸がひしゃげ、スベスベフニフニなレイアの腹がひくついた。

痺《しび》れるような快楽に翻弄《ほんろう》され、ふたりがガクガクと震《ふる》える。それでも腰の動きは止まらない。むしろ加速し、溢れる蜜の量が増していく。

間違っても俺たち以外には見せてはいけないほど淫らな顔をするふたりと、俺は交互《こうご》に唇を重ねた。

ふたりとも従順にキスに応え、俺が唇を離すたび、名残惜《なごりお》しそうに「あっ」と鳴く。

ふたりの痙攣が激しくなっていく。悦楽の頂点まではあとわずか。

そんなふたりに、俺は優しくトドメを刺《さ》した。

「さあ。天国へ行こうか」

ニコッと笑い、千夜の尖端をキュッとつまみ、レイアのへそに指をねじ込む。

「「はひぃっ♥」」とふたりが目を剥《む》いて——

「ひあぁあああああああああああああああああああんっ♥♥!!」

おとがいを反らして達した。

太ももで俺の脚をギュッと締《し》め付け、ピーンッ！　と背を弓なりにして全身を強張らせる。秘所からは止めどなく女蜜《にょみつ》が溢れていた。

「あ……」

「はぅ……」

悦楽の頂点からふたりがゆっくりと降りてくる。強張った体を弛緩《しかん》させ、フラリと俺のほうに倒れてきた。

両腕で抱き留めると、ふたりは肩で息をしながら、潤んだ瞳で俺を見上げてくる。ふたりの顔には、美しくも艶めかしい笑みが浮かんでいた。

ダメだよ、ふたりとも。それは男を誘《さそ》う顔だ。そんな顔をされたら、ますますイタズラしたくなるじゃないか。

千夜とレイアの嬌態に身震いするほどの興奮を覚えた俺は、ふたりに顔を寄せる。

「覚えているかい？　ババ抜き大会で、俺は『なんでも命令できる権利』を手に入れた。それをいま使おう」

耳元で囁くと、ふたりの体が震え、ゴクリと唾《つば》をのむ音がした。

「せ、先生⁉　で、できれば別の命令にしていただけませんか⁉」

「千夜、命令というのは逆らってはいけないから命令なんだよ。だから、ダーメ」

「で、ですが、流石《さすが》に恥ずかしいといいますか……レイアさんもそう思うわよね⁉」

「ボクはいいよ？　恥ずかしいけど、なんだかイケナイことみたいでスッゴくドキドキする」

「なななななんでノリノリなのかしら⁉」

「ふふっ。慌ててる千夜ちゃん、可愛いー♥」

「いやぁ――――――――――――――――――――――――っ‼」

レイアと向き合う千夜が目をグルグル回しながら悲鳴を上げる。恥ずかしさがキャパオーバーしたんだろう。

無理もない。俺の命令は『千夜とレイアが互いを感じさせ合う』――つまりは百合《レズ》プレイなのだから。

千夜には申し訳ないけれど、百合《レズ》プレイなんて命令でもしないとできないだろうから、ここは絶対に譲《ゆず》らないよ。

「覚悟《かくご》を決めようよ、千夜ちゃん」

「ままま待って！　せ、せめて心の準備を――」

「俺が手伝ってあげるよ、千夜」

顔を真っ赤にして「はわはわ」と慌てる千夜の背後に回り、ふたつの巨峰《きょほう》を持ち上げるように揉む。

「はぁんっ♥！」

不意打ちの愛撫《あいぶ》に千夜がおとがいを反らした。

構わず胸を揉みしだき、千夜の耳にキスをする。千夜の声が高くなり、浴室に再び淫猥《いんわい》のムードが漂《ただよ》いだした。

「千夜ちゃん、とってもエッチな顔してる」

「いやぁ……み、見ないでぇ……」

蕩けた表情を視姦《しかん》されて、千夜がブルッと身震いする。それでもレイアから顔を逸らさないのは、本心ではこの状況に悦《よろこ》んでいるからだろう。千夜はむっつりであり、マゾヒストでもあるんだ。

「レイアも千夜を愛してみようか」

「はぁい、せんせぇ」

うっとりと千夜を見つめていたレイアに指示を出す。レイアは躊躇いなく首肯《しゅこう》して、千夜の左胸に顔を寄せていった。

千夜がハッと息をのむ。

「レ、レイアさん、ダメ……っ！」

「大丈夫だよ、千夜ちゃん。ボクがいっぱい気持ちよくしてあげる」

見せつけるように、レイアが「あーん」と大きく口を開けた。はぁっはぁっ♥　と千夜の息遣《いきづか》いに興奮が交ざる。

焦《じ》らすようにたっぷりと時間をかけて千夜の胸にたどり着き——レイアが桜色の蕾に吸い付いた。

「はひぃっ♥！」

ビクンッ！　と千夜が背を弓なりにさせる。

レイアは赤《あか》ん坊《ぼう》のように千夜の胸を吸い、しかし、赤ん坊では絶対にしないようにちゅぱちゅぱと卑猥《ひわい》な音を立てた。

「あぁぁっ！　レイアさん……っ！　そ、そんにゃにエッチな音立てちゃ、いやぁ♥！」

千夜の声が蕩け、舌足らずな喘《あえ》ぎになる。首をイヤイヤと振るが、決してレイアを引き剥がそうとしない。むしろ、『もっと吸って』と言わんばかりに胸を突《つ》き出した。

レイアは千夜の本音を見透《みす》かしたように、なおも胸に吸い付き、ジュルジュルとよりいやらしい音を立てる。

被虐《ひぎやく》の悦楽に浸《ひた》る千夜をさらに悦ばせるべく、レイアが吸い付いている左の胸を、俺は付け根から尖端へと絞《しぼ》るように揉んだ。

「ふやぁっ！　らめれすぅ！　そんにゃに揉んでもおっぱいでませんよぉ♥！」

「なら、やめようか？」

耳をはむっと咥《くわ》えながら訊《き》くと、千夜が振り返り、消え入りそうな声で答えた。

「……や、やめないでぇ」

「千夜は素直な子だね。大好きだよ」

ちゅっと口づけると、千夜の頬《ほお》が嬉しそうに緩《ゆる》む。

愛《いと》おしさと肉欲が高まり、レイアが咥えていない右の蕾をクリクリと弄《いじ》った。

「ひんっ♥！」

千夜の膝《ひざ》がガクガクと震え、口端《こうたん》からヨダレが垂れる。

そんな千夜の嬌態を眺《なが》め、レイアがイタズラげに目を細めた。

ちゅーっと尖端に吸い付いたまま、レイアが千夜の胸を引っ張る。

「ひあぁあっ！　と、とれちゃうぅ……っ」

自分の胸が伸びていく様に、千夜がゾクゾクと背筋をわななかせた。

目一杯《めいっぱい》引っ張ってから、レイアが千夜の蕾を解放する。

「ちゅぱっ！」

「んひぃっ♥!!」

千夜が目を剥いて、ピーン！　と舌を伸ばした。引っ張られていた胸が自重で落下し、タップンと豪快《ごうかい》に弾《はず》んでユンユンと揺れる。

軽く達してしまったらしい千夜を、レイアが愛おしそうに見つめる。

「千夜ちゃん……♥」

「レイアさん……♥」

熱っぽい目で見つめ合っていたふたりが、惹《ひ》かれ合うように唇を重ねた。エロティックなムードにあてられたのだろう。舌まで絡めるディープキスだ。

俺の教え子たちが、俺の恋人たちが、女の子同士で熱烈《ねっれつ》なキスにふけっている。たとえようもないほど背徳的な光景に、俺の興奮はどこまでもいきり立つ。

千夜ばかり攻めるのは公平じゃない。レイアも愛してあげないとね。

ふたりが百合《レズ》キスに夢中になるなか、俺は千夜の胸から手を離し、レイアの尻をわしづかみにした。

「んんっ⁉」

千夜とキスしたまま、レイアが目を見開く。

プリプリしたレイアの尻を餅《もち》のようにこねると、スカイブルーの瞳がトロトロと蕩けていった。

さらなる攻めに及《およ》ぶべく、俺は千夜に耳打ちする。

「千夜？　レイアの弱点はおなかだ。俺がなにを言いたいか、わかるね？」

レイアとキスしたまま、千夜が小さく頭を揺らす。先ほどのレイアと同じく、千夜の目がイタズラげに細められた。

「んぅ……っ♥」

レイアの腹が物欲《ものほ》しげに、期待するように、キュンッとへこむ。俺と千夜のやり取りを聞き、なにをされるか察したのだろう。レイアも結構な被虐性欲らしい。

千夜がレイアの腹に手を伸ばし――くぷっ、とへそに指をねじ込んだ。

「んんんんんんんんんっ♥♥!!」

快感が強すぎたのだろう。レイアの体が強張り、ビクッ！　ビクッ！　と痙攣する。

レイアが達したが、千夜は唇を解放しない。いじめられたお返しとばかりに、舌と唇を攻め立てながら、へそをグリグリとほじくった。

ひっきりなしに体を跳ねさせるレイアは、対抗《たいこう》するように千夜の胸を両手でつかむ。

「んうぅうううううっ♥♥!!」

今度は千夜が果てる番だった。しなやかな肢体《したい》がブルブルとわななく。

それでも千夜は、レイアへの愛撫をやめない。なおも激しくへそをほじくり返した。

意識が飛ぶほどの快楽を与《あた》え合いながら、千夜とレイアは唇がふやけるほどのキスを続ける。

ふたりの世界に浸っているようだけど、俺を忘れてもらったら悲しいな。

わずかばかりの嫉妬と、大きすぎる愛と、性《さが》とも呼べるイタズラ心から、俺はふたりの股間《こかん》に手を伸ばした。

「千夜、レイア、俺も交ぜてよ」

囁きながら、潤《うる》みきった秘裂を指でかき分ける。

「「ふぅんんんんんんんんん♥♥!!」」

途端《とたん》、ふたり揃って仲良く絶頂。熱したチーズみたいに蕩けていたふたりの内側が、キュウゥウ……ッ♥　と締まり、とぷっと愛蜜が溢れ出した。

頭が弾《はじ》けるほどの興奮に、俺の唇が笑みを描《えが》く。

「三人で楽しもう」

千夜がレイアのへそをほじくり、レイアが千夜の胸を揉みしだき、俺がふたりのなかをかき混ぜる。

何度も何度もふたりが快楽を極《きわ》めるなか――俺は異変を感じた。

魔力《まりょく》が高まっている？

俺がまとう紫色の魔力がどんどん膨れ上がってきたんだ。

原因を考えたのは一瞬《いっしゅん》。直感的にすぐ悟《さと》る。

俺は魔力を用いてふたりに快楽を与えてきた。これはその逆。ふたりに快楽を与えることで、俺の魔力が高まったんだ。

『与えた快楽の魔力変換《へんかん》』と言ったところか。レイアを従えて魔帝《まてい》に近づいたがゆえの変化だろう。

これはいい。魔力を用いて快楽を与え、与えた快楽の分、魔力が増す。完璧《かんぺき》なまでの永久機関だ。これなら、ふたりをより気持ちよくさせられる。

俺はニッと口端を上げ、ふたりのなかに埋《うず》めた指に魔力を込めた。

「「んんっ♥!?」」

急激に膨れ上がった快感に、ふたりが目を丸くする。

俺はふたりに笑いかけた。

「頭が真っ白になるくらい愛してあげるよ」

指を鉤状《かぎじょう》にしてふたりのなかをグチュリとえぐり、秘裂の上にある女の真珠をコリッと弄る。

「「んぅぅぅぅぅぅぅぅぅぅぅぅぅぅぅぅぅぅぅぅぅぅぅぅぅぅぅっ♥♥!!」」

壮絶《そうぜつ》な快感に見舞《みま》われ、千夜とレイアが互いを縋《すが》るように抱《だ》き合う。

ギュウッ！　とキツくキツく抱きしめ合い――ふたりの膝がガクリと崩《くず》れた。

俺はふたりをまとめて支え、優《やさ》しく床《ゆか》に寝《ね》かせる。

いまだに快楽が収まらないのか、ふたりは、ピクン、ピクン、と身震いしていた。

抱き合いながら横たわる、ふたりの秘部が花開いている。この世のなによりも魅力的な花が、二輪並んで咲《さ》いている。

堪らない。我慢《がまん》できるはずがない。

「千夜、レイア、今度は俺も気持ちよくなりたいんだけど、いいかな？」

答えは端《はな》からわかっていたが、ふたりの口から聞きたくて、俺はあえて尋ねた。

千夜とレイアが焦点《しょうてん》の合わない目を俺に向ける。

トロトロな顔に、幼子のように純粋《じゅんすい》で、魔性《ましょう》のように蠱惑的《こわくてき》な笑みが浮かんだ。

「はい、せんせぇ♥」

「一緒《いっしょ》に気持ちよくなろぉ♥」

それは俺が求めていた答えそのもの。

淫蕩《いんとう》の宴《うたげ》はまだまだ終わらない。

第三章　真言立川流《たちかわりゅう》

「今日は『怨霊《おんりょう》』と『御霊会《ごりょうえ》』について学んでいこう」

翌日の午前。二年一組の教室で、俺は授業を開いていた。

「『怨霊』とは、強い恨《うら》みを残して亡《な》くなった者が、強大な力を持つ霊的《れいてき》存在となった姿だ。怨霊は恨む相手に復讐《ふくしゅう》するため、天災や疫病《えきびょう》を引き起こす」

俺はチョークを手にとり、背後の黒板に『恨み』と記し、そこから矢印を引いて『怨霊』と綴《つづ》る。

さらに『復讐相手』と書いて『怨霊』から矢印を引き、その矢印の脇《わき》に『天災・疫病』と認《したた》めた。

「もっとも有名な怨霊は、平安《へいあん》時代の貴族政治家『菅原道真《すがわらのみちざね》』だろう。道真は本来、国司になるのがせいぜいの中級貴族だったが、宇多天皇《うだてんのう》に重用されて右大臣にまで出世する。だが、異例の大出世で貴族たちから反感を買い、九州《きゅうしゅう》に左遷《させん》されてしまうんだ。

この左遷――『昌泰の変《しょうたいのへん》』によって道真は窮死《きゅうし》に追い込まれ、その恨みから怨霊となる。怨霊となった道真は、政敵だった藤原時平《ふじわらのときひら》。自分を左遷させた醍醐天皇《だいごてんのう》の皇子、保明親王《やすあきらしんのう》。保明親王の子、慶頼王《よしよりおう》を呪《のろ》い殺した。

さらに、平安京の内裏《だいり》にあった清涼殿《せいりょうでん》に雷《かみなり》を落とし、大納言《だいなごん》だった藤原清貫《ふじわらのきよつら》を含《ふく》む、多くの者を殺したんだ。この落雷《らくらい》がゆえんとなり、藤原道真には『天神《てんじん》』の異名がつけられた」

道真の経歴を黒板に記していくと、背後からカリカリと、板書をノートに写す音が聞こえてきた。

私語を発する生徒はひとりもいない。名目・実質ともにエリート校なだけはある。

生徒たちの真面目な授業態度に感心しながら、俺は続いての説明に入った。

「朝廷《ちょうてい》は道真の祟《たた》りを恐《おそ》れた。そこで行われたのが『御霊会』だ。怨霊の力は強大で、甚大《じんだい》な被害《ひがい》をもたらす。その力を制御《せいぎょ》するため、怨霊を神として祀《まつ》り、恨みを宥《なだ》め、災厄《さいやく》をもたらす存在から加護を与える存在に変化させる。その儀式《ぎしき》が御霊会。『四神相応《しじんそうおう》』が適応された場所でしか行えない、陰陽寮《おんようりょう》の秘儀《ひぎ》だ」

道真の経歴を書き終えた俺は、『御霊会』と横に書き、ふたつの矢印で『藤原道真』と繋《つな》ぐ。

『御霊会』から『藤原道真』の矢印には『祀る』。『藤原道真』から『御霊会』の矢印には『加護』と書き加えた。

「怨霊は御霊会によって『御霊《ごりよう》』となり、仏教の儀式で用いられる神聖な道具『法具《ほうぐ》』に封《ふう》じられる。これにより、法具は御霊の力を秘《ひ》めた『神具《しんぐ》』と化し、希少な魔導具《まどうぐ》として、御霊神社《ごりようじんじゃ》・崇道天皇社《すどうてんのうしゃ》・鏡神社《かがみじんじゃ》・北野天満宮《きたのてんまんぐう》などに納められているんだ」

「祇園祭《ぎおんまつり》って知ってますよね？　あれの起源は実は御霊会なんです。牛頭天王《ごずてんのう》を祀ったものなんですよ」

凛《りん》が付け加えたトリビアに、生徒たちが「へぇー」と目を丸くした。

就任初日は苦労したけど、俺の実力を認めたためか、生徒たちは素直に話を聞いてくれている。授業をスムーズに進められるようになって、本当によかった。

俺が頬を緩めた――そのとき。

「――謀略《ぼうりやく》を秘めた者が、大いなる力を奪いに訪《おとず》れます」

教室内に厳《おごそ》かな声が上がる。

見ると、神秘的な雰囲気《ふんいき》を感じさせる表情で、円香《まどか》がぼんやりと虚空《こくう》を眺めていた。

千夜《ちよ》が俺にアイコンタクトを送り、頷く。

これは霊視《れいし》だ。

何事かと生徒たちがざわつくなか、俺は「しっ」と人差し指を唇《くちびる》に当てた。生徒たちがすぐさま俺に従って口をつぐむ。静まり返った教室で、俺は円香に尋ねた。

「いつ、どこに現れるか、わかるか？」

「三日後の夜。その場所は――」

円香が告げた。

「――北野天満宮」

✡　✡　✡

「――真言立川流の狙《ねら》いは神具か」

その日の午後。陰陽寮の陰陽頭執務《おんようのかみしつむ》室《しつ》。

円香の霊視の内容を俺から知らされた土御門《つちみかど》さんは、しばしの沈黙《ちんもく》を挟み、そう口にした。

「『天神信仰《てんじんしんこう》』の中心地である北野天満宮には、藤原道真の力が秘められた神具『天神《てんじん》の金剛杵《こんごうしょ》』が納められている。推測するに、『大いなる力』とは神具、『謀略を秘めた者』とは真言立川流を指すのだろう」

デスクにつく土御門さんが顔つきを険しくする。

「真言立川流も愚《おろ》かではない。真っ向から陰陽寮《われわれ》に挑《いど》んでも勝ち目はないとわかっているのだ。ゆえに、神具を奪うことで、対抗する力を手に入れようと考えたのだろう」

土御門さんが、俺の隣《となり》で話を聞いている凜に指示を出した。

「源《みなもと》くん、北野天満宮に連絡《れんらく》を。加えて、このことを陰陽寮の皆《みな》に通達してくれ」

「わかりました」

俺といるときには見せない張り詰《つ》めた顔つきで、凜が頭を下げる。

凜が執務室をあとにしようと踵《きびす》を返した。

「俺たちにも手伝わせてもらえませんか？」

「ふむ？」

「先輩《せんぱい》？」

それより先に、俺は土御門さんに提案する。

「真言立川流を迎え撃《う》つため、陰陽寮は北野天満宮の警備をするんですよね？　ですが、真言立川流には謎《なぞ》が多い。戦力が多いに越《こ》したことはないでしょう」

ここに来るまでに千夜《み》・レイア・円香《ん》・アグネス《な》と相談して、俺たちは決めた。自分たちも警備に参加して、真言立川流を迎撃《げいげき》しようと。

土御門さんが尋ねてくる。

「無事は保証できないが、いいのかね?」

「構いません」

俺は即答《そくとう》した。

たとえ危険があろうとも、一刻も早く円香とともに帰るため、真言立川流を捕《と》らえる覚悟はできている。それに、誰《だれ》も欠けるつもりはない。傷つくつもりもないし、傷つかせるつもりもない。

――それが俺たちの総意だ。

俺たちは誰もが仲間のことを思っているんだ。必ず守る。必ず支える。必ず守ってくれる。必ず支えてくれる。

だから心配はしない。信じ合っているからこそ、俺たちは危険に立ち向かえる。

俺は真《ま》っ直《す》ぐに土御門さんを見据《みす》え、返事を待つ。

土御門さんが椅子《いす》の背もたれに身を預け、答えた。

「いいだろう。我々としても、きみの提案はありがたい」

✡　✡　✡

時刻は八時過ぎ。

京都市上京区《きょうとしかみぎょうく》にある北野天満宮。その北門の前に俺たちは集まっていた。真言立川流が現れたとき、この北門から突破《とっぱ》されないようにするのが俺たちの役目だ。

北野天満宮周辺の住人は一時的に避難《ひなん》している。多少荒っぽい戦闘《せんとう》が起きても問題はない。

「みんな、覚悟はいいか？」

俺が尋ねると、千夜、レイア、アグネスが力強く頷く。

そんななか、円香だけが申し訳なさそうに眉を下げ、うつむいていた。

「す、すみません……その、わたしの、都合に、巻き込《こ》んでしまって……」

「謝《あやま》る必要なんてない」

罪悪感に苛《さいな》まれている様子の円香に、俺は首を横に振《ふ》ってみせる。

「それに、俺たちは巻き込まれてなんかないぞ？」

「……え？」と顔を上げる円香に、俺は優しく微笑《ほほえ》みかけた。

「だってこれは、円香の都合じゃなくて、俺たち全員の都合だからな」

「そうよ、円香。自分を責めることなんてしなくていいの」

「円香ちゃんの悩《なや》みはボクたちの悩みだよ。一緒に解決しよう?」

「同意する。わたしたちは仲間だ」

「みなさん……」

千夜、レイア、アグネスも円香を励《はげ》ます。

円香の瞳《ひとみ》が潤んだ。浮《う》かんだ涙《なみだ》をくしくしと拭《ぬぐ》い、円香が眉を上げる。その顔に、もはや迷いはなかった。

「ありがとう、ございます……わ、わたしと一緒に、戦って、ください!」

「「「もちろん!」」」

一も二もなく俺たちは首肯し、ニッと笑う。円香が俺たちに微笑み返してきた。

ザリッ
足音が聞こえたのはそのときだ。

俺たちは、バッ、と足音が聞こえたほうを向く。

夜の闇《やみ》のなかから人影《ひとかげ》が現れた。フード付きの黒いローブで全身を包み、その顔は狐《きつね》のお面で隠《かく》されている。

彼《かれ》、または彼女《かのじょ》の背後には、三体の巨獣《きょじゅう》の姿があった。

狛犬《こまいぬ》に似た四足獣《しそくじゅう》。凄《すご》みのあるプレッシャーをまき散らす、その獣の名を俺は呟《つぶや》く。

「『犼《こう》』か」

仏神の乗り物であり、秘術により操《あやつ》られた屍《しかばね》『僵尸《きょうし》』の最終形態でもある怪物《かいぶつ》、犼。

真言立川流が祀る髑髏《どくろ》本尊には、狐が神格化された存在である『荼枳尼天《だきにてん》』の力が宿っていると伝えられている。荼枳尼天はもともと、人間の魂《たましい》『人黄《にんおう》』を食《く》らう魔物《まもの》であり、《死》と密接に関わっていた。

その荼枳尼天の力を宿す髑髏本尊を用いれば、《死》を迎えた者を僵尸とし、意のままに操ることができる。彼、または彼女は、髑髏本尊を用いて僵尸を生み出し、犼へと進化させたのだろう。

間違《まちが》いない。この黒ローブの人物は、真言立川流の術者だ。

犼の力は龍《りゅう》と互角《ごかく》。それほどのバケモノが三体もいる。一筋縄ではいかなそうだな。

真言立川流の術者と三体の犼と向き合い、俺たちは身構える。

夜風が一陣《いちじん》、木の葉を伴《ともな》って吹《ふ》き抜《ぬ》けた。

真言立川流の術者がバッと右手を俺たちに向け、それを号令としたかのように、一体の犼が地を蹴《け》った。

アスファルトを踏《ふ》み砕《くだ》き、ズシンズシンと重い足音を響《ひび》かせながら、肉食獣《にくしょくじゅう》の如《ごと》き速力で犼が迫《せま》ってくる。

俺はベルトのポーチに手を伸《の》ばす。

「先生、あの犭孔はわたしたちに任せてください！」

俺が呪物《じゆぶつ》を取り出す直前、千夜が声を張った。

「だが……」

「大丈夫《だいじょうぶ》！　ボクたちも強くなったんだから！」

「せ、先生の、足手まといには、なりま、せん！」

「信じてほしい。先生は術者の相手を」

レイア、円香、アグネスも、千夜と同じ覚悟のようだ。

俺が躊躇《ためら》ったのは一瞬。

「危なくなったらすぐに退《ひ》くんだぞ！」

「「「了解《りょうかい》です（だよ）（した）！」」」

迫る犭孔を四人に任せ、俺は左斜め前に駆《か》けだした。迂回《うかい》して犭孔を避《よ》け、術者へと向かうルートだ。

俺が駆けだした直後、犭孔が大きく口を開けた。犭孔の口腔《こうこう》からチリチリと燐光《りんこう》が漏《も》れ出し、喉《のど》の奥《おく》が紅蓮《ぐれん》に染まっていき——炎《ほのお》の吐息《ブレス》が放たれる。

大気を焦《こ》がすほどの、熱圧の奔流《ほんりゅう》が四人を襲《おそ》う。

それでも俺は脚を止めない。千夜が、レイアが、円香が、アグネスが、任せてくれと言ったから。

だから、信じる。

信じて、託《たく》す。

紅蓮の業火《ごうか》が四人をのみ込まんとして――円香が左手を高々と掲《かか》げた。

『潮よ、満《み》て！』

円香の左腕《ひだりうで》に巻かれた勾玉《まがたま》のブレスレットが、水色の光を放つ。

ザザザザ……、と寄せる波に似た音とともに、放たれた光が変化していく。実体を持たないエネルギーから、不定形の物質へと。

生じたのは大量の水だった。

『潮満珠《しおみつたま》』！　となると、あの水は海水か！

日本神話の物語のひとつに『海幸彦《うみさちひこ》と山幸彦《やまさちひこ》』というエピソードがある。兄：海幸彦と、弟：山幸彦の対立を描いた物語で、攻《せ》め込んできた海幸彦に対し、山幸彦は潮を満ちさせ、水攻《みずぜ》めすることで勝利した。

その際に山幸彦が用いた宝珠《ほうじゅ》が潮満珠だ。

円香は勾玉のブレスレットを呪物として、潮満珠の力を再現したのだろう。

発生した海水は渦《うず》を巻き、円香の左手の先に集《つど》った。その巨大《きょだい》な水球に、アグネスが右手で触《ふ》れる。

『此《こ》は祝別された』

水球が白く神々《こうごう》しく輝《かがや》いた。エクソシストの能力によって祝別され、『聖水《せいすい》』に変わったんだ。

聖水には、悪魔《あくま》や魔術、霊的現象を阻《はば》む効果がある。ふたりで作り上げた聖水球を、円香とアグネスが犼の吐息《ブレス》に向けて放った。

「「行けぇえええっ!!」」

大玉転がしのボールみたいに馬鹿でかい聖水球が、紅蓮の奔流と正面衝突《しょうとつ》。

ボコボコと水が煮《に》え立ち沸騰《ふっとう》する音と、ドジュウ……ッ！　と熱湯が蒸発する音を立て、聖水球と業火がせめぎ合う。

赤と青の激突《げきとつ》により、辺りを真っ白に染め上げるほどの蒸気が立ちこめた。

大量の蒸気が漂うなか、夜風が吹く。

夜風が蒸気を散らしたあと、そこにはなにも残っていなかった。業火と聖水球は相殺《そうさい》した。円香とアグネスは、犼の吐息を防ぎきったんだ。

「次はこっちの番よ！」

「うん！　反撃《はんげき》しよう！」

千夜とレイアが左右のポーチに手を突っ込み、取り出した呪物を宙にばらまいた。千夜は紙で作られた『御幣《みてぐら》』を。レイアは矢じり型の火打ち石を。

千夜がぱんっと柏手《かしわで》を打つ。

『三ヶ国《さんかこく》の山の神大大明神様《しんだいだいみょうじんさま》のわきだちあらんの眷属《けんぞく》、警護様三十三ヶ敷《けいごさまさんじゅうさんがしき》、森敷《もりしき》、九十九《つくも》敷《しき》、かぜこの敷、九万九ヶ敷《きゅうまんきゅうがしき》、まり敷、せめ敷、九千五人が大森大山爺《おおもりおおやまじい》、山姥《やまうば》、山の王そう、大山《おおやま》みさき、小山《こやま》みさき、荒山《あらやま》みさき、鬼神ノ神《きじんのかみ》、六面王《ろくつらおう》、八面王《はちつらおう》、九万九面王《きゅうまんきゅうつらおう》の大《おお》神様《がみさま》を奉行《たてまつ》る、天《てん》や下《く》だらせ給《たま》う！』

ばらまかれた御幣は白銀の輝きとともに、ひとつは猛禽《もうきん》に、ひとつは狼《おおかみ》に、ひとつは熊にと、山に棲《す》まう獣の姿に変わっていった。銀の毛並みを持つ猛獣《もうじゅう》たちは、『いざなぎ流』の『式王子《しきおうじ》』。千夜が得意とする魔術《まじゅつ》だ。

にしても、数が多すぎないか!?

数十体はいるだろう式王子にギョッとしていると、レイアも呪文《じゅもん》を唱えた。

『呪い殺《あや》めよ、エルフの矢！』

火打ち石が紫色《むらさきいろ》の陽炎《かげろう》をまとい、切っ先を犯に向ける。

「発射！」

レイアの号令に合わせ、火打ち石が散弾《さんだん》の如く犼に襲いかかった。

『GOOAAAAAAAAAAAAAAAAAAAAAHH!!』

犼が苦悶《くもん》に咆哮《ほうこう》する。

矢じり型の火打ち石に魔力を込めて撃ち放つ『エルフの矢』。魔女特有の魔術『魔女術《まじょじゅつ》』のひとつだ。

俺《おれ》は驚《おどろ》きを禁じ得ない。

エルフの矢はかなりの高等魔術。それを学生のレイアが扱《あつか》うなんて……。

間違いなく千夜とレイアは成長している。それも、学生の範疇《はんちゅう》を凌駕《りょうが》するまでに。

魔王の力が馴染《なじ》んできたからか？

俺が推測していると、千夜が式王子たちに指示を出した。

「行きなさい、式王子！」

エルフの矢に怯《ひる》んだ犼に、式王子たちが襲いかかった。無数の猛獣が犼に飛びかかり、食らいつき、たたき伏《ふ》せる。

思わず笑《え》みが漏れた。

心配する必要なんてなかった。四人は犼が相手でも充分《じゅうぶん》に——いや、充分以上に戦えている。

なら、俺は俺の相手に集中するまで！

駆ける速度をさらに上げ、俺は真言立川流の術者へ迫る。

術者が再び腕《うで》を振るい、二体の狃が俺に飛びかかってきた。

慌《あわ》てず騒《さわ》がず、俺は右手をバックハンドのように構えた。その人差し指と中指が闇色に染まる。一日六発限定の、必殺必中の弾丸《だんがん》を放つ黒魔術『魔弾《まだん》』だ。

二本の指に装填《そうてん》した魔弾を、居合い斬《ぎ》りのモーションで射出する。

放たれた闇色の弾丸が宙にふたつの弧《こ》を描き、二体の狃の前足を一息に貫《つらぬ》いた。

『『GOOAAAAAAAAAAAAAAAAAAAHH!!』』

両の前足を撃ち抜かれた狃たちが崩れ落ち、アスファルトの上でのたうち回る。

これで邪魔者《じゃまもの》はいない！　術者との一対一だ！

狃から視線を切り、術者へと向けようとして――俺は愕然《がくぜん》とした。先ほどまで立っていた場所に、術者の姿がなかったからだ。

狃に俺を襲わせているあいだに姿を眩《くら》ましたか！

だとしたら、考えられるのは奇襲《きしゅう》。

俺は神経を研《と》ぎ澄《す》ませ、不意打ちに対抗できるよう、左右のポーチに手を伸ばす。

狃のわめき声とのたうち回る音が、俺の意識から消えていった。

――ユラ
静寂《せいじゃく》のなか、魔力の揺《ゆ》らぎを感じる。

即座《そくざ》に俺は、右のポーチから水の入った小瓶《こびん》を取り出し、揺らぎを感じたほうに放《ほう》った。

『呪術《じゅじゅつ》は水を越えられない！　そうあるように！』

小瓶が弾け、なかの水が溢《あふ》れ、円形に渦巻《うずま》く。

『呪術師の水』。自分を害する魔術を打ち消す魔術。

円形に渦巻く水に、バシンッ！　となにかが叩《たた》きつけられる音がした。

俺は確信する。

やはり『隠形法《おんぎょうほう》』を使っていたか。

陽炎を神格化した『摩利支天《まりしてん》』の加護により、自分の姿と気配を消す、密教《みっきょう》に属する魔術『隠形法』を、真言立川流の術者は用いていたんだ。

呪術師の水が防いだのは、不可視の鞭《むち》で敵を打ち据《す》える『摩利支天神鞭法《じんべんほう》』だろう。

『『GOOOOOOOOOOOOOOOOOOOHH!!』』

俺が摩利支天神鞭法を対処しているあいだに復活したようだ。二体の狛が大きく顎《あぎと》を開き、並んだ鋭《するど》い牙《きば》を見せつけ、俺に食らいつかんと飛びかかってくる。

真言立川流の術者は、二体の狛とのコンビネーションで俺を倒《たお》そうとしているらしい。

狆に気をとられている隙《すき》に、摩利支天神鞭法で俺を仕留める算段だ。

巨大な力を持つバケモノと、見えない鞭による連携攻撃《れんけいこうげき》。悪辣《あくらつ》な戦法だ。並の魔術師なら手も足も出ないだろう。

けど、俺は並の魔術師じゃない。魔帝の後継者《こうけいしゃ》なんだよ！

俺はアスファルトを踏みならす。

『汝《なんじ》を眠《ねむ》りより覚ます！　我《わ》が敵を打ち倒さんために！』

呪文を唱えると、アスファルトが黒く染まり、イソギンチャクの触手《しょくしゅ》のように、影色《かげいろ》の腕が無数に湧《わ》き出てきた。土地に宿る霊《れい》を呼び覚まし、相手を襲わせる黒魔術『大地の怨霊』だ。

影色の腕が、襲いかかってきた狆の四肢《しし》をつかんで動きを封じ、次々に殺到《さっとう》して地面にねじ伏せる。

刹那《せつな》、背後で揺らぐ魔力。

「そこだ！」

俺は右手人差し指に魔弾を装填し、振り向きざまに撃ち放った。

発射される闇色《やみいろ》の弾丸。

闇夜に響く破裂音《はれつおん》。

摩利支天神鞭法の鞭を、魔弾が弾いたんだ。

「かくれんぼは終わりにしよう」

相手の攻撃《こうげき》を凌《しの》いだ俺は、左のポーチから小さな水瓶《みずがめ》を取り出した。

表面に、半獣半人《はんじゅう》の悪魔の姿が彫《ほ》り込まれたその水瓶を、俺は地面に叩きつける。水瓶が音を立てて砕け散り、破片《はへん》が舞《ま》う。

『我を苦しめし者に復讐を！』

その破片が宙に浮かび上がり——姿を消した。

受けた霊的攻撃を効果七割でコピーして、相手に返す黒魔術『ガルテスの憎呪《ぞうじゅ》』。俺は相手の摩利支天神鞭法をコピーして、カウンターに用いたんだ。

なにかがなにかを打ち据える音がして、虚空から黒ローブの術者が現れた。術者は宙を吹っ飛び、アスファルトの上を転がる。コピーされた摩利支天神鞭法をまともに食らったのだろう。

摩利支天神鞭法は不可視の攻撃。避けるのは至難の業《わざ》。真言立川流の術者が重宝するのもわかる。

だが、まさかそれが自分に返ってくるとは思いもしなかっただろう。だからこそ、俺は相手の裏をかけたわけだが。

地面に倒れていた術者が、膝に力を入れてなんとか起き上がる。

ふらつく術者に、俺は魔弾を装填した右人差し指を向けた。

「命までは取らん。おとなしく投降しろ」

視界の端では、四人が狐を圧倒《あっとう》している。三体の狐を封じられ、自分が負ったダメージも大きい。術者には、万に一つの勝ち目もない。

だから詰み《チェックメイト》。これで事態の解決に一歩近づく。

そう確信したときだった。闇に包まれた空を、眩《まばゆ》いばかりの光が裂《さ》いたのは。

本能的に危険を感じ、俺はその場から飛び退《の》く。

直後、空から降ってきた雷《いかずち》が、轟音《ごうおん》を響かせてアスファルトを焦がした。一歩遅《おそ》ければ、俺は雷に焼かれていただろう。背筋を冷たいものが走る。

煙《けむり》とオゾン臭《しゅう》が漂《ただよ》うなか、俺は顔をしかめた。

「神具が奪《うば》われたのか!!」

北野天満宮に納められた天神の金剛杵には、藤原道真の力が秘められている。

道真は雷を操る天神。土御門さんの説明によれば、その力が秘められた天神の金剛杵には、雷を発生させる効果があるらしい。

雷が俺を狙ったということは、真言立川流の手に天神の金剛杵が移ったということ。北野天満宮を襲った術者はひとりじゃなかったんだ。

『オン・マリシエイ・ソワカ、オン・アビテヤマリシ・ソワカ』

俺が歯噛《はが》みしていると、変声機を通したような奇妙《きみよう》な声がした。

漂う煙の向こう側。真言立川流の術者が指と指を組み合わせ、印形《いんぎよう》を結んでいる。術者が唱えているのは、隠形法を用いるための『真言《マントラ》』。

隠形法により術者の姿が薄《うす》れていく。仲間が目的を達成したので、逃走《とうそう》を図《はか》ろうとしているんだ。

「逃《に》がすか！」

俺は再度術者へと指先を向け、今度は容赦《ようしや》なく魔弾を撃ち出した。術者を取り逃《のが》せばフリダシに戻《もど》ってしまう。円香との帰還《きかん》が遠ざかってしまう。

夜を引き裂き魔弾が走る。

空が輝き雷が降ってきた。

雷が魔弾に炸裂《さくれつ》して轟音が響く。衝撃波《しようげきは》が大気を震撼《しんかん》させた。

「く……っ」

生じた突風《とつぷう》にコートがバタバタとはためく。俺は砂煙《すなけむり》から顔を庇《かば》い、吹き飛ばされないよう脚《あし》を踏ん張った。

立ちこめる砂煙。これでは術者の姿を捉《とら》えられない。

それなら魔力を探《さぐ》るまでだ！

俺は感覚を研ぎ澄ませて術者の魔力を探す。砂煙のなか、かすかに揺らぐ魔力を感じた。

俺はその方向に右の人差し指を向け、魔弾を装填する。

『ノウマク・サンマンダ・バザラダン・センダンマカロシャダ・ソワタヤ・ウンタラタ・カン・マン』

魔弾を射出する直前、真言が聞こえ、紅蓮の奔流が砂煙を吹き飛ばした。

憤怒《ふんぬ》の明王『不動明王』の真言のひとつ、『慈救咒《じくしゅ》』か！

紅蓮の奔流は紅《あか》い蟒蛇《うわばみ》と化し、犽と戦っている四人目がけて突進《とっしん》した。

「させるかっ！　来い、『ヒュポクトニア』！」

俺は魔弾をキャンセルし、契約《けいやく》している悪魔の一体を喚《よ》び出す。

足元のアスファルトに亀裂《きれつ》が入り、幼稚園児《ようちえんじ》サイズの人型悪魔が現れた。ブルドッグに似た顔をした小鬼だ。

小鬼の名は『ヒュポクトニア』。地中に棲まい、鉱物を操る悪魔。

「四人を守れ、ヒュポクトニア！」

俺が命じると、ヒュポクトニアはアスファルトに両手をついた。

迫ってきた紅い蟒蛇に気づき、四人が息をのむ。

紅い蟒蛇が四人をのみ込もうと大口を開け——地面が隆起《りゅうき》し、蟒蛇と四人のあいだに岩《がん》壁《ぺき》がそそり立った。

ヒュポクトニアが作り出した岩壁に蟒蛇が衝突し、爆音《ばくおん》と炎光が上がる。だが岩壁はびくともせず、四人を守り切った。

俺は一息をつき、再び術者の魔力を探る。

が、見つからない。俺が四人を守ろうと注意を外した隙に逃げたようだ。

あと一歩のところで、俺は術者を取り逃がしてしまった。

「くそっ！」

悔《くや》しさと憤《いきどお》りと情けなさに、俺はこぶしを握《にぎ》りしめる。手のひらに爪《つめ》が食い込むが、気にする余裕《よゆう》などなかった。

「先生、大丈夫⁉」

俺が奥歯《おくば》を軋《きし》らせていると、レイアを先頭として、千夜、円香、アグネスが駆け寄ってくる。

悔しくて悔しくて堪《たま》らないが、怒《いか》りに歪《ゆが》んだ顔なんて、彼女たちには見せたくない。俺は激情を鎮《しず》めるために深呼吸して、振り返った。

「俺は平気だ。みんなは無事か？」

「はい。先生のおかげで誰も傷ついていない」

アグネスの答えに、「そうか」と胸を撫《な》で下ろす。

「ですが、先生の足を引っ張ってしまいました」

「ボクたちの所為《せい》で術者を逃がしちゃったんだよね？」

ホッとする俺に、千夜とレイアがシュンとした顔を見せる。俺は柔《やわ》らかく微笑んで、ふたりの頭を撫でた。

「気にするな。たとえ術者を捕らえても、きみたちが傷ついたら意味がない。誰よりもなによりも、俺はきみたちが大切なんだから」

「「……はい」」

慰《なぐさ》めるも、ふたりの表情は晴れない。相当気に病《や》んでいるようだ。

どうしたものかと悩んでいると、円香がふたりの手をとる。

「せ、先生の、仰《おっしゃ》る通り、です……わたしも、千夜さま、レイアさん、アグネスさんが傷ついたら、悲しい、ですから」

ふたりを元気づけようとしてか、円香が明るく笑った。

「術者は、つ、次に捕《つか》まえれば、いいじゃない、ですか」

「……そうね。悔《く》やんでいても仕方ないわ」

「うん！　気持ちを切り替《か》えよう！」

円香に励まされ、曇《くも》っていた千夜とレイアの顔が和《やわ》らぐ。健気《けなげ》な円香らしい気配りだ。

よかった。千夜もレイアも立ち直ったみたいだ。

俺は安堵《あんど》する。が、ホッとしてばかりではいられなかった。今後、俺たちにとってよくない展開が起こりえるからだ。

今回術者を取り逃した所為で、陰陽寮が円香の行動を制限する可能性がある。

神具が奪われた現状、真言立川流の脅威《きょうい》は増加した。当然、陰陽寮の警戒《けいかい》も強まるだろう。そうなると、霊視の精度と頻度《ひんど》をより上げるため、円香を禊《みそ》ぎに専念させようと考えるかもしれない。

学校で授業を受ける時間以外――場合によっては一日中、円香が陰陽寮で過ごさなくてはいけなくなる可能性があるのだ。

事態の解決を急ぐのは大切だが、だからといって、円香の自由が奪われていいはずがない。

俺は頭を働かせた。

円香の自由を守るため、俺にできることは……。

✡　✡　✡

一時間後。陰陽頭執務室に、俺と円香は呼ばれていた。

椅子に腰《こしか》掛け指組みしながら、土御門さんが険しい顔をする。

「事態は深刻化した」

「天神の金剛杵が奪われ、真言立川流は大きな力を手に入れた。脅威以外のなにものでもない。一刻も早く解決するため、中尾《なかお》くんには禊ぎに専念してもらいたい。授業も欠席していただこう」

重苦しい声で土御門さんが命じた。俺が予想した通りの展開だ。

「そ、そんな……」

円香が眉根《まゆね》を寄せる。その横顔は不安で堪らないと言っているようだった。

「大丈夫だ」

「先、生？」

そんな円香の頭を俺は優《やさ》しく撫でる。円香が疑問と戸惑《とまど》いを足して二で割ったような表情で、俺を見上げてきた。

ここに来るまでのあいだ、円香の自由を守る方法を俺は考えた。考えに考えて——ひとつの手を見つけた。

そして、その手はすでに打ってある。

「真言立川流は大きな力なんて手に入れてません」

「どういうことかな？」

土御門さんが怪訝《けげん》そうに眉《まゆ》をひそめた。

俺はコートの内ポケットに手を伸ばす。

「言葉通りの意味です。北野天満宮の襲撃《しゅうげき》で、真言立川流が得たものはなにもありません」

「なぜなら」と、内ポケットからあるものを取り出し、俺は土御門さんに見せた。

片手で握れるグリップ。その両端《りょうたん》に四角錐《すい》を取り付けた、短い棒状の器具。それは、本来ここにあるはずのない代物《しろもの》。

土御門さんが瞠目《どうもく》する。

俺は告げた。

「天神の金剛杵はここにあるんですから」

手品のように映ったのだろう。隣にいる円香も唖然《あぜん》としていた。

「……なぜきみが持っているのかね？」

鋭い土御門さんの目が、さらに鋭く、抜き身《み》の刀のようになる。おそらく、俺が真言立川流と繋がっている可能性を考えているのだろう。奪われたはずの神具を俺が持っているのだから、その気持ちはわからないでもない。

だが、当然ながら俺は真言立川流とは無関係。天神の金剛杵がここにあるのは、俺が奪い返したからだ。

「『アジエル』の力を用いました」

俺が契約している悪魔の一体『アジエル』は、『奪われたものや隠されたものを取り戻す』力を持つ。俺はその力を借りて神具を取り戻したんだ。

「で、でも、アジエルが取り戻せるものって限られてますよね？　精々貴重品までじゃないですか？」

凜が怪訝と戸惑いが交じった表情をする。

たしかに、アジエルが取り戻せるものには限りがある――本来ならば。

「アジエルの力を借りるには対価として魔力を払《はら》わないといけない。俺はその魔力の量を増やしたんだ。神具を取り戻してくれるくらいにな」

凜がポカンと口を開け、信じられないものを見るような目をした。俺の話は荒唐無稽《こうとうむけい》なものなのだから仕方ないだろう。

神具を取り戻すには膨大《ぼうだい》な、それこそ災厄《さいやく》を起こすほどの魔力が必要となる。何十人もの魔術師が振り絞《しぼ》っても足りないほどの。

だが、俺ならできる。魔帝《まてい》の血を継《つ》ぐ俺は、災厄級の魔力量を誇《ほこ》っているのだから。

凜と同じく目を見開いている土御門さんに俺は続ける。

「アジエルが力を貸してくれるのは、一月《ひとつき》に一度だけです。これで俺は、今月アジエルの力を使えない。これは陰陽寮への貸しになると思いませんか？」

「私と取引をするつもりかな？」

「神具を奪い返せるほど便利な能力を、俺は今月使えないんです。お返しくらいしてもらってもバチは当たらないでしょう？」

土御門さんが俺を見据えた。

質量すら感じられる威圧《いあつ》感を、俺は真っ向から受け止める。交渉《こうしょう》で大切なのは、とにかく弱みを見せないことだ。

怯むわけにはいかない。強気を貫かなければならない。円香の自由を守ると、俺は決めたのだから。

張り詰めた沈黙《ちんもく》が執務室《しつむしつ》に漂い――土御門さんが嘆息《たんそく》した。

「きみの要望次第《しだい》だ」

よし！　上手《うま》くいった！

内心でガッツポーズをとり、俺は土御門さんに要求する。

「円香にいままで通りの生活を送らせてください」

俺を見上げる円香が目を丸くした。

これが、円香の自由を守る方法だ。陰陽寮に貸しを作り、神具と引き替えに要求をのませる。

神具を取り返したということは、実質、真言立川流の襲撃を失敗させたことと同義。陰陽寮の尻拭《しりぬぐ》いをしたのだから、取引は優位に進められるはずだ。

しばし黙考《もっこう》し、土御門さんが口を開く。

「授業には参加してもらって構わない。だが、やはり禊ぎには専念してもらわなくては困る。真言立川流が脅威であることに変わりはないのだから」

すべてをのむわけではなく、折衷案《せっちゅうあん》を出してきたか。

たしかに土御門さんの言う通りだ。神具を取り戻しはしたが、真言立川流が陰陽寮の警備をかいくぐったのは事実。警戒せずにはいられないだろう。土御門さんの意見は正しい。

だが、円香の自由を奪わせるわけにはいかないし……。

「そ、それで、構いま、せん」

状況《じょうきょう》を踏まえ、どう返事するかを考えていると、円香が俺の代わりに答えた。

俺は目を見開き、円香のほうを見やる。

「……いいのか？」

「はい……や、やはり、真言立川流の、脅威を、見過ごすことは、できません、から」

円香が穏《おだ》やかに微笑んだ。

「わたしのために、取引してくれて、嬉《うれ》しい、です。じゅ、授業に、通えるだけで……わたしは、充分、ですから」

「取引成立ということで構わないかな、グランディエくん？」

土御門さんが訊《き》いてくる。

円香がいいと言うのなら、俺に異論はない。

ただし――

「ひとつだけ、条件を追加してもいいですか？」

「内容による」

背もたれに身を預ける土御門さんに、俺は告げた。

「明日《あした》一日。円香に自由をください」

「「失礼します」」

取引を終え、土御門さんに天神の金剛杵を渡《わた》し、俺と円香は執務室を出た。天神の金剛杵は、事態が解決されるまで陰陽寮で保管するそうだ。

とにもかくにも取引は概《おおむ》ね成功。明日一日――土曜日を、円香は自由に過ごせる。

「せ、先生、どうして、条件を加えたん、ですか？」

パタン、と扉《とびら》が閉まったところで、円香が俺に尋《たず》ねてきた。

「禊ぎに専念する前に、息抜《いきぬ》きをしたほうがいいと思ったんだ」

授業を受けられるとはいえ、それ以外の時間、円香は陰陽寮で過ごさなければならない。それでも構わないと円香は言ったが、強がっていないわけではないだろう。円香には、自分より他人を優先するきらいがあるからな。

だから、俺は円香に提案する。

「俺とデートしないか？　約束してただろ？」

円香が目をまん丸にした。

『蛇と梟《スネークオウル》』が現れる前、俺、千夜、レイア、円香、リリスは、五人でデートをした。

だが、もともと俺たちが約束していたのは、レイアと円香それぞれとの、ふたりきりデートだった。ハーレムデートは妥協案《だきようあん》だったんだ。

そのため、『蛇と梟』を退けてから、俺は改めてふたりと約束した。『今度こそ、ふたりきりでデートしよう』と。

「せっかく来たのに京都を堪能《たんのう》しないのももったいないしな。どうだろう、円香？　俺とデートしてくれないか？」

俺が微笑《ほほえ》みかけると、見開かれていた円香の目が細まり、柔らかい笑みが浮《う》かんだ。

「はい……わたしからも、お願い、します！」

第四章　約束のデート

翌日、午前。俺は円香《まどか》との待ち合わせ場所である京都《きょうと》タワーに向かっていた。

約束の時間にはまだ三〇分も早い。しかし、ワクワクしすぎて、いても立ってもいられなかったんだ。

ずっとお預けを食《く》らっていた円香とのふたりきりデートだ！　一緒《いっしょ》にとことん楽しむぞ！

ルンルン気分で大通りを歩く。四角いビルの上に載《の》った、ロウソクみたいな京都タワーはすでに見えていた。

円香を待ってるあいだ、なにをしようか？　ビルに入って、リリスへのお土産《みやげ》でも探してみようか？

考えながら歩いていくと、京都タワービルの北出《きたで》入口《いりぐち》の前に立っている、ひとりの少女が目にとまった。オフショルダーのワンピースをまとう、ベージュのミュールを履《は》いた女の子だ。

麗《うら》らかな格好に加え、幼さを残しながらも目を引くほどの美貌《びぼう》。道行くひとたちの視線が、否応《いやおう》なしに少女に引きつけられている。

少女の髪《かみ》は茶色いショートボブ、澄み渡った瞳《ひとみ》は琥珀色《こはくいろ》。

そう。彼女《かのじょ》は円香だ。

着飾《きかざ》った円香にぽーっと見とれていると、こちらに気づいた円香が、パアッと顔を明るくして駆け寄ってきた。

「先《せん》……じゃなくて、ジョゼフさん、おはよう、ございます！」

「あ、ああ、おはよう！」

呆《ほう》けていた俺は円香に挨拶《あいさつ》されて再起動。イカンイカン、円香のあまりの可憐《かれん》さに、意識がエデンに飛んでいたようだ。

頬《ほお》をポリポリ掻《か》いて、俺は気持ちを切り替えた。

「待たせて悪いな、円香」

「い、いえ……わたしが、早かった、だけです。楽しみすぎて、待てません、でした」

「え？」

苦笑《くしょう》交じりにはにかむ円香の答えに、俺は目をパチクリさせる。

「俺と同じ？」

「ジョゼフさんも、ですか？　た、たしかに、まだ、三〇分前、ですね」

キョトンとした円香と、ポカンとした俺が目を合わせ、パチパチと瞬《まばた》き。

「ぷっ」

「ふふっ」

互《たが》いにまったく同じだったことがおかしくて、俺たちは同時に吹《ふ》き出した。

ひとしきり笑い合い、円香が小さく首を傾《かし》げる。

「に、似たもの同士、ですね」

「お似合いでいいだろ？」

「そう、ですね」

俺たちはまた、クスッと笑い合った。

「今日もおめかししてくれたんだな。似合ってる」

「ありがとう、ございます。ジョゼフさんも、に、似合って、ます。シンプルだけど、洗練された、感じがします」

俺の格好は、白いティーシャツに水色のジャケット、灰色のチノパンとスニーカーだ。

奇抜《きばつ》にならないよう簡素に、かつ、清潔感を醸《かも》し出せるよう、爽《さわ》やかな色味を多めに取り入れてみた。円香が気に入ってくれたみたいでなによりだ。頬が緩《ゆる》むのを抑《おさ》えられない。

「デートだから、いつもより気合を入れてみたんだ」

「そ、そうだったん、ですか……嬉しい、です」

円香が照れたように顔をうつむけ、「えへへへ」と目を細めた。尊い。溜息《ためいき》が出るほど尊い。

早くも骨抜《ほねぬ》きにされながら、俺は円香に手を差し伸《の》べる。

「行こうか、円香」

「はい。ジョゼフさん」

円香が俺の手を取った。

先生と生徒だとバレないよう、円香は俺のことを名前呼びにしている。以前のデートでもそうだったが、名前呼びの破壊力《はかいりょく》はスゴい。俺の脈拍《みゃくはく》は一気に五〇は上昇《じょうしょう》しただろう。

互いの指を絡《から》ませて恋人繋《こいびとつな》ぎにしながら、俺たちは歩き出した。五月の晴れ空の下、ふたりで最初の目的地を目指す。

その途中《とちゅう》、俺は提案した。

「なあ、円香？　せっかくオシャレをしてもらったのに申し訳ないが、ちょっと着替《きか》えてみないか？」

「着替《きが》え、ですか？」

円香がコテンと可愛《かわい》らしく首を傾げる。

俺は「ああ」と頷《うなず》いた。

「より京都を楽しめる格好にさ」

✡　✡　✡

俺たちは、清水寺《きよみずでら》まで続く清水坂の下にある、一件の店を訪《おとず》れていた。

椅子《いす》に座《すわ》っていまかいまかと待っていると、店の奥《おく》から足音が聞こえてきた。

「お、お待たせ、しました」

歩いてきた円香は着物を身につけている。そう。俺たちが訪ねたのは、着物レンタルの店なんだ。

京都は日本を代表する古都。着物姿は、京都の雅《みやび》な雰囲気《ふんいき》を楽しむのに最適だろう。

円香の着物姿に、俺は一瞬《いっしゅん》で胸を撃《う》ち抜《ぬ》かれた。水色の生地《きじ》に、ゆらゆら泳ぐ金魚の柄《がら》。爽やかな着物が、円香の魅力《みりょく》を倍増させている。

円香はもともと楚々《そそ》としており、透明《とうめい》感を持っていた。そんな円香が着物姿になったら、和風美人が誕生しないわけがない。

円香が頬を桃色《ももいろ》にして、期待半分照れ半分といった表情で、チラチラとこちらを窺《うかが》ってくる。

「に、似合い、ますか？」

「好き」

「ぴゃうっ⁉」

愛《いと》おしさが臨界点突破《とっぱ》。スタスタと歩み寄り、俺《おれ》は円香をギュッと抱《だ》きしめた。

ビックリしたのか円香は身を強張《こわば》らせたが、すぐに体の力を抜いて、スリスリと俺の胸に頬ずりしてくる。

か、かわええええ……俺のカノジョ、腰《こし》が砕《くだ》けるほどかわええええええ……っ‼

「ジョ、ジョゼフさんも、ステキ、ですよ？　鶯色《うぐいすいろ》の着物が、とっても似合って、ます」

「円香ほどじゃないよ。あー、幸せだなあ、俺。こんなに可愛いカノジョがいてくれて」

「お、大袈裟《おおげさ》、ですよ」

はにかみながら、俺と円香はなおも抱き合う。

「一気に夏になったみたいやねー」

「お熱いわー」

「誰《だれ》かブラックコーヒー買《こ》うてきてー」

ふたりの世界に浸《ひた》る俺たちに、店員たちが生温かい目を向けていた。


店をあとにした俺たちは、再び恋人繋《こいびとつな》ぎをして、清水坂を上っていく。

カロン、カロン、と下駄《げた》の鳴る音が風流だ。

「よ、よく、思いつきました、ね？　着物レンタルなんて、アイデア」

何度見ても可憐すぎる円香が、上目遣《うわめづか》いで尋ねてきた。

「事態の解決のために向かうといえど、みんなには喜んでもらいたかったからな。京都に行くと決まってから、デートプランを一〇〇通りほど考えてみたんだ」

「そ、それは、やり過ぎじゃ、ないでしょうか？」

苦笑する円香に、俺は首を横に振《ふ》ってみせる。

「やり過ぎなんてことはない。恋人たちに喜んでもらえるなら、俺はなんだってするよ」

「あ、ありがとう、ございます……」

円香がポッと頬を染め、恥《は》ずかしそうに顔をうつむけた。

もう仕草のひとつひとつが愛らしい。円香が可愛すぎてツラい。

堪らない気持ちになりながら、俺は円香と繋いだ手に力を込《こ》める。

「今日のデートは任せてくれ」

「ふふっ。頼《たよ》りに、してます、ね？」

✡　✡　✡

着物に着替えた俺たちが、次に訪れたのは清水寺だ。

日本人ならば誰でも知っているだろう寺院。その本堂にある、『清水の舞台《ぶたい》』として有名な場所から、俺たちは絶景を眺《なが》めていた。

断崖《だんがい》に張り出した舞台からは、青々とした森が見える。森の木々は若葉で着飾り、初夏の風に吹かれてさやさやと葉擦《はず》れを立てていた。言葉を失うほど壮観《そうかん》な光景だ。

感動したのか、右隣《みぎどなり》にいる円香が、桜草みたいに艶《あで》やかな唇《くちびる》を緩め、ほぅ、と息をつく。

その様は、ハッとするほど美しかった。

円香の横顔に見とれ、俺の口から呟《つぶや》きがこぼれる。

「――キレイだな」

「は、はい。本当に、キレイ、ですね」

円香が愛らしい笑顔《えがお》でこちらを見上げ、俺と視線がぶつかった。

目をパチクリさせて――円香の頬が、かぁっと赤らむ。俺の発した『キレイ』が、自分を指したものだと気づいたらしい。

円香がパッと視線を逸《そ》らし、両手の指先をモジモジとくっつけ合う。本音を漏《も》らしてしまった俺も、気恥《きは》ずかしさから頬を掻いた。

しばらくの無言を挟《はさ》み、円香が口を開く。

「……わ、わたしに、キレイなんて言葉は、もったいない、ですよ」

円香の顔には自嘲《じちょう》が浮かんでいた。謙遜《けんそん》ではなく、心からそう思っているのだろう。円香は内気で、自分に自信を持てないところがあるから。

謙虚《けんきょ》なのは円香の長所だが、自分を苦しめるようでは意味がない。だから俺は、円香をそっと抱き寄せた。

丸く見開かれた琥珀色の瞳を見つめ、俺は真摯《しんし》に告げる。

「円香はキレイだよ」

「で、ですが、千夜《ちよ》さまや、レイアさんのほうが、もっと……ずっと……」

「たしかに千夜もレイアも魅力的《みりょくてき》だ。けど、円香だってキレイだし、可愛いし、美しいよ」

抱擁《ほうよう》を強め、さらさらなライトブラウンの髪を優しく撫でる。

「無理に自信を持てとは言わないけど、俺の言葉は信じてほしい。何度でも言う。円香はキレイだ」

色づいていた円香の顔がさらに赤らみ、琥珀色の瞳が潤《うる》む。

「ありがとう、ございます」

円香が恥ずかしそうに、けれど嬉しそうに頷いた。

✡　✡　✡

続いて俺たちが向かったのは地主神社《じぬしじんじゃ》だ。

地主神社は清水寺の隣《となり》にあり、舞台を出て左に曲がればすぐついた。

地主神社はたくさんの参拝客で賑《にぎ》わっていた。その参拝客たちを眺め、円香が気づく。

「な、なんだか……男女のペアが、多い、ですね」

周りにいる参拝客のほとんどが男女のペアだ。しかも、彼《かれ》ら彼女らは、恋人繋ぎをしたり、腕《うで》を組んだり、人目をはばからずハグしたりと、アツアツな様子だった。

ある意味異質なムードといえるが、地主神社の御利益《ごりやく》を踏《ふ》まえれば自然だろう。

「地主神社は縁結《えんむす》びの神社として有名だからな。主祭神も大国主命《おおくにぬしのみこと》――縁結びの神さまだ。

そのため、地主神社は『恋人の聖地』と呼ばれている」

「こ、恋人……！」

俺の話を聞いて、円香の顔がリンゴみたいに真っ赤に色づく。

正直、俺も照れくさい。恋人である円香と『恋人の聖地』に訪れているこの状況が、むず痒《がゆ》くて仕方ない。

体がカアッと火照《ほて》っているが、それでも俺は円香に告げた。

「どうしても円香と来たかったんだよ。なにしろ、俺たちは恋人なんだから」

「はぅっ！　そ、その台詞《せりふ》は、オーバーキル、ですよ!!」

これ以上赤くならないと思っていた円香の顔が、さらに赤くなる。

自分の頬に両手を当てて、「あぅあぅ」と円香が目をグルグルさせていた。照れてる円香も可愛すぎる。網膜《もうまく》に焼き付けなければ。

ホクホクした気分で見つめていると、円香がチラリと上目遣いしてきた。

「ま、ますます、ジョゼフさんのこと、好きになっちゃうじゃ、ないですか」

「おふぅっ！　カウンターか!!」

予想外の反撃《はんげき》に心を撃ち抜かれ、俺は胸を押《お》さえる。

『ますます好きになる』はこっちの台詞だ！　可愛いこと言いやがって！　一生愛してやるからな！

互いに真っ赤になる俺たちは、周りのカップルに負《ま》けず劣《おと》らずアツアツだったことだろう。

手水所《てみずしょ》で手と口を清め、境内《けいだい》を進んでいくと、本殿《ほんでん》の前にふたつの石が置かれていた。石の大きさは、ふたつとも膝《ひざ》の高さくらいで、一〇メートルほど離《はな》れて置かれている。

「あ、あれは、なんでしょう、か？」

「『恋占《こいうらな》いの石』だな。恋愛《れんあい》関係の願いを叶《かな》えるとされる石だ」

「ね、願いを、叶える⁉　く、詳《くわ》しく、教えて、ください！」

円香が背伸《せの》びしてズイッと顔を近づけてきた。琥珀色の瞳がキラキラと輝《かがや》き、興味津々《きょうみしんしん》ですと訴《うった》えている。

円香が食いついてくれたのが嬉しすぎる。なにしろそれは、恋愛関係の願いを叶えたいこと――俺との仲をより発展させたいことの表れなのだから。

幸福感にニヤけながら、俺は円香に説明する。

「『恋占いの石』は、いわゆる『願かけ』なんだ。片方の石からもう片方の石まで目を閉じたまま歩き、たどり着くことができれば願いが叶う。複数回チャレンジしてもいいが、そのたびに願いの成就《じょうじゅ》が遅《おく》れるとされている。ちなみに、アドバイスを受けてたどり着いた場合、『ひとの助けを借りて叶う』という意味になるそうだ」

　地主神社を訪れると決めてから頭に叩《たた》き込んだ知識を、俺は円香に披露《ひろう》する。円香はしきりに頷き、真剣《しんけん》な眼差《まなざ》しで俺の話を聞いていた。

　期待と興奮からか、円香の頬は上気している。そんな恋人の様子が微笑ましい。

　笑《え》みをこぼし、俺は円香に尋ねる。

「やってみるか？」

「は、はい！」

　即決《そっけつ》だった。

　円香は両手をグーにして、「むっふー！」と鼻息を荒《あら》くしている。気合充分《じゅうぶん》だ。

　下駄を鳴らして片方の石まで向かい、その前に円香が立つ。

　もう片方の石を見据《みす》え、円香が俺にお願いしてきた。

「ア、アドバイス、してくれますか？　ジョゼフさん」

「もちろんだ」

　笑顔で請《う》け合うと、円香もニコリと口端《こうたん》を上げ、静かに目を閉じた。

「い、行き、ます！」

両手を前に向け、円香が歩き出す。一歩一歩、慎重《しんちょう》に慎重に、もう片方の石へと近づいていく。

「右にずれてる。ちょっと左」

「こっち、ですか？」

「行き過ぎだな。半歩ほど右に」

アドバイスする俺も真剣だ。円香の願いは、即《すなわ》ち俺の願い。なんとしてでも成就させてあげたい。

俺のアドバイスを受けながら、円香は着実に石まで歩み寄っていった。

「あと五歩。そのまま真《ま》っ直《す》ぐ――ストップ！」

「はい！」

円香がピタリと止まる。石の真ん前、両手を下ろせば触《ふ》れられる位置だ。

「そのままゆっくりと両手を下ろすんだ。両手の間隔《かんかく》をもう少し狭《せば》めて、腰を前に折る感じで」

「は、はい！」

俺のアドバイスに従い、円香がそろそろと上体を曲げていく。俺が固唾《かたず》をのんで見守るなか――

ペタ
見事、円香は願かけを一発で成功させた。

パチリと円香が目を開けて、自分が石に触れていることを確認《かくにん》。途端《とたん》、円香の顔に、パアッと明るい笑みが咲《さ》く。

「や、やりました！」

「ああ！　やったな！」

俺も円香もテンションマックス。駆《か》け寄って抱き合い、ピョンピョンと飛び跳《は》ねる。

「ジョ、ジョゼフさんの、おかげ、です！」

「円香が丁寧《ていねい》に歩いたからだよ！」

「じゃ、じゃあ、わたしたちが、協力したから、ですね！」

「そうだな！　ふたりで成《な》し遂《と》げたんだ！」

ニコニコ笑顔の円香が愛おしくて堪《たま》らない。ライトブラウンの髪を、俺はくしゃくしゃとかき交ぜるように撫《な》でた。

「あのふたりラブラブだなー」

「いいなあ。わたしもあんなカレシが欲《ほ》しい……」

「俺たちもああいうカップルになろうな？」

　そこで俺はやっと気づいた。周りのひとたちが、微笑ましそうに、羨《うらや》ましそうに、俺たちを眺めていることに。公衆の面前で抱き合うなんていう、とてつもなく大胆《だいたん》な真似《まね》をしたのだから当然だろう。

　俺と円香の視線がぶつかり、互いに顔が赤くなる。急激に恥ずかしさが高まり、俺たちはパッと体を離した。

　こ、興奮しすぎて我を忘れていた！　周りが見えなくなっていた！　円香の願いが成就するんだから仕方ないけどさ！

　ドキドキと心臓が暴れ、体が焼けるように熱い。横目で窺うと、円香も俺と同じく胸を押さえ、耳まで赤く染めていた。

　少しの沈黙を挟み、俺は訊く。

「ど、どんな願い事をしたんだ？」

「そ、その……『幸せな家庭が、築けますように』、と……」

　めちゃくちゃ健気《けなげ》な願い事だった。俺たちは再び黙《だま》り込む。

　俺は湯気が立つほど熱くなった顔を手で覆《おお》った。

　い、愛おしすぎてキュンキュンする！　なんだよ、そのいじらしい願い事！　なにがなんでも叶えてあげたくなるだろ！

願かけのときに俺がアドバイスしたから、円香の願い事は『誰かの助けを借りて叶う』ことになる。

円香は俺にアドバイスを頼《たの》んだ。そこに意味があるとしたら、円香がともに『幸せな家庭を築きたい』相手は……。

そ、そういうことだよな⁉　将来的に、円香は俺と一、緒になりた、いってことだよな⁉　うわぁ、嬉しい！　俺、今日死んでも悔《く》いはないぞ！　いや、待て！　円香たちを置いて死ねないから、いまのやっぱなしで！

胸が甘《あま》く疼《うず》く。嬉しさのあまり転げ回りたくなる。

円香への愛おしさに悶《もだ》えながら、俺は口を開いた。

「……『恋《こい》の願かけ絵馬』っていう、縁結びの神さまにお祈《いの》りできる絵馬があるんだが、一緒に奉納《ほうのう》しないか？」

ハッと息をのみ、円香が俺のほうを向く。

「その……俺も、円香と同じこと、願ってるから」

爆発《ばくはつ》しそうなほど恥ずかしいが、俺は言い切った。

円香の目が見開かれる。赤く色づいた頬が緩み、ハチミツみたいに甘く蕩《とろ》けた、幸せそうな笑みが浮かぶ。

「はい！　い、一緒に、奉納、しましょう！」

俺たちは恋人繋ぎをして、絵馬を求めに社務所へ向かった。

どうか、俺たちの願いが叶いますように。

✡　✡　✡

ハモ、おばんざい、にしんそばなど、京都の名物グルメは多い。

そのなかから、俺が昼食にチョイスしたのは湯豆腐《ゆどうふ》だった。

下調べしておいた、清水寺付近の老舗《しにせ》の、庭園を眺められるお座敷《ざしき》にて、俺は円香と湯豆腐ランチに舌鼓《したつづみ》を打つ。

昆布《こんぶ》だしに浸《つ》かった豆腐はツルツルでトロトロ。大豆のうまみが濃《こ》く、まろやかな甘みが口いっぱいに広がる絶品だ。

あまりの美味《おい》しさに、円香も夢中で食べている。

「ふにゃっ!!」

そんな円香がネコみたいな鳴き声を上げた。どうやら急いで食べようとして、舌を火傷《やけど》してしまったらしい。まったく関係ない話だが、さっきの鳴き声、もう一回聞けないかな？

円香の可愛らしさに癒《い》やされながら、俺は自分の湯豆腐をレンゲですくい、フーフーと冷ます。

「円香、あーん」

「ふぇ？」

冷ました湯豆腐を差し出すと、円香がポカンとした。

「熱かったんだろ？　冷ましたから、どうぞ」

「で、ででで、でも！　か、間接キス、ですよ⁉」

「言ってくれるな、円香。流石《さすが》に俺も恥ずかしいんだ」

大胆なことをしている自覚がある俺は、顔を火照らせて視線を逸らす。それでもレンゲは円香に差し出したままだ。

「いらないか？」

「……い、いただき、ます」

円香が小さな唇を開けて、躊躇《ためら》いながらもパクッとレンゲを咥《くわ》える。やっぱりめちゃくちゃ恥ずかしい。

チュルン、と湯豆腐を口に入れ、円香がレンゲを離す。

「う、美味《うま》いか？」

「あ、味わう余裕《よゆう》が、ありま、せん」

「そりゃそうか」

苦笑する俺に、円香が微笑みかけた。

「でも……し、幸せ、です」

「お、おう……それはよかった」

ギュ、ギュウッ！　と俺の胸が締《し》め付けられる。不意打ちとは驚《おどろ》いた。やってくれるじゃないか、円香。

愛くるしさにプルプル震《ふる》えていると、先ほどの俺みたいに、円香が湯豆腐をレンゲですくって、フーフーと冷ます。

そのレンゲが俺に差し出された。

「へ？」

「お、お返し、です」

目を丸くする俺に、円香がスモモ色の顔をしながら、「ん」とレンゲをさらに近づけてくる。

こちらがやった手前、拒《こば》めない。いや、拒むつもりなんて毛頭ない。

照れくささに頬がひくつくのを感じながら、俺は「あーん」と口を開け、運ばれてきた

湯豆腐をパクリと一口。

「お、美味しい、ですか？」

「味がわからん」

「です、よね」

まったく同じやり取りをして、俺たちは苦笑し合う。

「て、照れくさい、ですね」

「ああ。けど、こういう照れくさい時間を一緒に過ごして、幸せな家庭を築こうな」

「……ジョ、ジョゼフさんは、最近、躊躇《ちゅうちょ》なく、甘いことを、言いますね」

「円香たちに喜んでほしいから、ちょっと頑張《がんば》ってるんだよ」

「う、嬉しいです、けど……心臓に、悪いです」

ふたりしてはにかみ、俺たちはなおも湯豆腐をフーフーし合った。

✡　✡　✡

昼食のあとは、花街：祇園《ぎおん》を歩く。昔ながらの木造建築が並ぶ、京都の風情《ふぜい》を堪能できるエリアだ。

俺と円香は、恋人繋ぎをしながら花見小路通《はなみこうじどおり》をのんびりと散歩する。

目を向けると、俺の視線に気づいた円香がニコリと微笑む。ただ歩いているだけだが、心が通じ合っているような安らぎを感じ、俺も円香に微笑み返した。

時折、すれ違《ちが》った芸妓《げいこ》さんや舞妓《まいこ》さんが会釈《えしゃく》してくる。彼女たちはとても美しいが、それでも俺は円香に釘付《くぎづ》けになっていた。

花見小路通を抜けさらに歩くと、白川《しらかわ》沿いに続く、石畳《いしだたみ》の道を見つけた。白川南通《しらかわみなみどおり》という、重要伝統的建造物群保存地区だ。

「わあ……っ」

円香が感嘆《かんたん》の声を漏らした。俺も息をのむ。白川南通と四条通《しじょうどおり》を結ぶ、巽橋《たつみばし》の風景が、目を見張るほど美しかったからだ。

時の流れを遡《さかのぼ》ったかのような街並みと、木々の新緑が重なっている。これぞ京都というべき風流な光景だった。

「キレイな場所だなあ」

「ジョ、ジョゼフさん。記念に、写真を、撮《と》りません、か？」

「お、いいな！」

ザ・京都なこの風景がバックなら写真映《ば》えがするし、円香との思い出にもなるだろう。

ノリノリでスマホを取り出し、俺は撮影《さつえい》してくれるひとを探す。

そこに、観光客と思《おぼ》しき金髪碧眼《きんぱつへきがん》の男性が歩いてきた。ふくよかな体形の、いかにも人が好《よ》さそうな欧米人《おうべいじん》だ。

「Excuse me!《すみません！》」

駆け寄って頼むと、彼は白い歯を見せてグッと親指を立てる。見立て通り、気のいいひとだったらしい。

俺と円香は巽橋の前に並んで立つ。

欧米人男性がスマホを構えたとき、俺は円香の腰にそっと手を回した。

頬に朱《しゅ》をさして、円香がふわりと微笑む。直後、カシャリと音がして撮影が終わった。

俺はスマホを受け取り、欧米人男性に礼を言う。

「Thank you very much!《ありがとうございます！》」

「You're welcome.《どういたしまして。》 You're so lovey-dovey!《きみたち、ラブラブだね！》」

からかわれ、俺の顔が火照る。

「ど、どうしたん、ですか?」

「『ラブラブだね』って言われた」

「ラ、ラブラブ……！」

円香がカァッと頬を赤らめ、唇をムニャムニャさせた。自分たちが周りからどう見られているか知って、恥ずかしくなったのだろう。

俺も照れくささに頬を掻き、それでも欧米人男性に言った。

「Yes.《はい。》 She is my treasure《彼女はかけがえのない大切なひとです》」

欧米人男性が「ヒュゥ！」と口笛を吹き、円香の顔がさらに赤くなる。

欧米人男性が目を細め、再び親指を立てた。

「What a perfect couple!《きみたち、最高にお似合いだよ！》 Be happy!《お幸せに！》」

✡　✡　✡

京都は周囲を山に囲まれた盆地《ぼんち》だ。加えて、瀬戸内海《せとないかい》式気候と内陸性気候を併《あわ》せ持っているため、夏は暑く冬は寒い。

その夏の暑さから逃《のが》れるため、四月下旬《げじゅん》から九月の終わりまで、鴨川《かもがわ》沿いの川岸には、高床式《たかゆかしき》の座敷が設置される。鴨川納涼床《のうりょうゆか》だ。

夕方になり、俺と円香は納涼床を設けている居酒屋でディナーをとることにした。

居酒屋といっても、以前凜《りん》が連れていってくれた居酒屋とは趣《おもむき》が異なる。居酒屋というより料亭《りょうてい》に近い、オシャレな内観の店だ。

「ジョ、ジョゼフさん、あーん」

「あーん」

俺たちが頼んだのは串《くし》カツコース。運ばれてきたエビの串カツを円香が差し出し、俺に食べさせてくれる。

さくりと衣《ころも》をかじると、濃厚《のうこう》なエビの風味と味わいが溢《あふ》れ出してきた。プリプリした食感も堪らない。控《ひか》えめに言っても絶品だ。

「円香もあーん」

「あ、あーん」

お返しに、俺もレンコンの串カツをあーんしてあげる。

照れながらも円香が一口かじり、もぐもぐ咀嚼《そしゃく》してふにゃっと頬を緩めた。永久保存したいほど可愛い。

視線を鴨川へ向けると、立ち並ぶ店の明かりを受け、水面が煌《きら》めいている。

景色は美しく、涼《すず》しくて心地《ここち》がいい。なにより最愛の恋人がいる。文句のつけようがないシチュエーションだ。

それに、これから俺は円香と愛し合う。最高の一日だな。

ディナー後のことを考えて、俺の胸が高鳴る。

円香とは以前、デートのあとにセックスをしようと約束していた。恥ずかしがりながらも円香が頷いてくれたときは、比喩《ひゆ》じゃなく天に昇《のぼ》る思いだった。

その約束がついに果たされる。ドキドキしすぎて舞《ま》い上がってしまいそうだ。

「あ、あの、ジョゼフさん」

期待に胸を膨《ふく》らませるなか、円香が表情を曇《くも》らせる。

「どうした、円香？」

「そ、その……このあとの、ことなんです、けど……」

首を傾げる俺に、円香が申し訳なさそうに頭を下げた。

「ごめん、なさい！　エ、エッチは、できない、です！」

「…………え？」

天国から地獄《じごく》に突《つ》き落とされた気分だった。

ま、まさか拒まれるなんて……俺、円香に嫌《いや》な思いさせちゃったか⁉　それとも、待たせすぎて気持ちが冷めちゃったとか⁉

ズーン、と落ち込んでいると、円香がアタフタする。

「あっ！　ち、違うん、です！　み、禊《みそ》ぎの、都合上、穢《けが》れが発生することは、できないから、です！」

禊ぎは穢れを祓《はら》い、神仏との感応性を高める手段だ。この禊ぎによって、陰陽寮《おんようりょう》は円香の霊視《れいし》の精度と頻度《ひんど》を上げようとしている。

だが、穢れは性交——つまりセックスを行うことでも発生する。俺と円香がセックスしたら、せっかくの禊ぎが台無しになってしまうらしい。

円香の説明を受けて、俺は胸を撫で下ろした。

「そ、そういうことか……焦《あせ》った。俺はてっきり、円香に愛想《あいそ》を尽《つ》かされたのかと……」

「そ、そんなわけ、ありません！　本当は、先生とシたくて、堪らないいん、です！」

円香がブンブンと勢いよく首を横に振り、ライトブラウンの髪《かみ》が舞った。

強く否定してくれることがとてつもなく嬉《うれ》しくて、俺の頬《ほお》が自然と緩む。

俺が笑みを浮《う》かべると、円香はハッとして視線をうつむけた。その顔は赤らんでいる。

おそらく、『本当はセックスをしたい』と表明したことが恥ずかしいのだろう。

必死に否定してくれたことも恥ずかしがる仕草も愛おしい。円香のすべてが狂おしいほど愛おしい。

溢れんばかりの愛情に突き動かされ、俺は手を伸ばした。

「じゃあ、今日はこれで我慢《がまん》してくれるか？」

円香の頬にそっと触れ、優《やさ》しく顎《あご》を持ち上げる。

俺は円香に顔を近づけ――唇を重ねた。

円香が目を丸くする。それでも俺のキスを拒まず、ゆっくりとまぶたを伏《ふ》せて受け入れてくれた。

セックスのときとは違う、触れ合うだけのキス。けれど、円香とのはじめてのキス。

ふっくらした唇は、円香の性格を表すように優しい柔《やわ》らかさだった。円香とキスできた事実に、胸の奥から歓喜《かんき》が湧《わ》き上がってくる。

互《たが》いの感触《かんしょく》をたっぷりと味わい、俺たちは唇を離した。

円香はぽーっと夢見心地な表情で俺を見つめている。俺は円香の手を包《つつ》み込むように握《にぎ》り、誓《ちか》った。

「一日でも早く、一秒でも早く解決する。俺も円香と愛し合いたいから。円香が恋しくて仕方ないから」

琥珀色《こはくいろ》の瞳《ひとみ》を熱っぽく潤ませ、幸せそうに円香が頷く。

「はい……約束、です」

✡　✡　✡

俺がふたりきりデートの約束をしたのは円香だけじゃない。レイアともだ。

円香とふたりきりデートをしたのだから、レイアとしないのは不公平だろう。俺が目指すのは全員が幸せになれる仲良しハーレムだ。恋人たちは平等に愛さないといけない。

そんなわけで、円香とデートした翌日、俺はレイアとともに嵐電嵐山本線《らんでんあらしやまほんせん》の車両に乗っていた。もちろんデートのためだ。

俺の右隣にいるレイアは、だぼっとした白いトレーナーに水色のシャツを羽織り、水色のプリーツスカートとスニーカーを身につけていた。涼しげな色味が初夏に似合う。

ちなみに俺は、昨日とは異なり、紺色《こんいろ》のデニムシャツと黒いジャケット、紺色のジーパンに茶色いショートブーツというコーディネートだ。円香のときと同じ格好では、レイアに失礼だからな。

「ジョゼフくん、今日はどこに行くの？」

見るからにワクワクした様子でレイアが俺を見上げてくる。名前呼びと上目遣いが相まって、愛おしさが青天井《あおてんじょう》だ。

飼い主に遊びをせがむ仔犬《こいぬ》みたいにはしゃぐレイアに顔をほころばせ、俺は答える。

「映画村だよ」

東映太秦映画村《とうえいうずまさえいがむら》。京都市右京区太秦《うきょうく》にある、実際にテレビや映画に用いていた撮影所《さつえいじょ》を、テーマパークにしたものだ。

「ほうほう」と相槌《あいづち》を打つレイアに、俺はデートの趣旨《しゅし》を伝える。

「今日のデートは聖地巡礼《じゅんれい》をしようと思う」

「聖地巡礼？」

「忘れたのか、レイア？　作中に映画村が登場したあのラブコメを。いや、忘れるはずがない！」

わざわざ反語表現を使い、大袈裟な仕草で首を振り、俺はニヤリと笑った。

「チャンプ愛読者であるきみが」

レイアは俺と同じく、週刊少年チャンプを愛読している同志だ。だから、『映画村』と『ラブコメ』のふたつのヒントですぐに思い至るだろう。

案の定、レイアはハッと息をのんだ。

「ま、まさか……『ニブコイ』の修学旅行編⁉」

ニブコイとは、チャンプで連載《れんさい》されていた人気作品だ。鈍感《どんかん》すぎる主人公と、個性豊かな六人のヒロインが繰《く》り広《ひろ》げるドタバタラブコメ。笑いあり、ときめきあり、ときどき涙《なみだ》ありなストーリーも魅力《みりょく》で、アニメ化と実写化がされている。

「そう！　今日は、ニブコイ修学旅行編の舞台になった場所を巡《めぐ》るぞ！」

「うわぁっ！　最高だよ、ジョゼフくん！」

レイアがスカイブルーの瞳を輝かせた。

チャンプ好きなレイアならきっと気に入ると思っていたが、実際に喜んでもらえたら報《むく》われた気分になる。プランを練った甲斐《かい》がある。

「思い出すなあ……ニブコイは珠玉《しゅぎょく》のラブコメだったよ」

「修学旅行編もよかったけど、文化祭編も素晴《すば》らしかったよな」

「うん！　劇の最後にヒロインがさぁ――」

電車のなか、俺《おれ》とレイアはニブコイの話で盛り上がった。

話に集中しすぎて、うっかり乗り過ごしてしまいそうになるほどに。

✡　✡　✡

映画村には、からくり忍者屋敷《にんじゃやしき》、手裏剣《しゅりけん》道場、アニメギャラリーなど、特徴的《とくちょうてき》なアトラクションがたくさんあった。

それらをひととおり楽しんだあと、俺とレイアはシーズンイベントを行っているアトラクション広場に向かった。このシーズンイベントこそが俺の目的だ。

「ジョゼフくん、似合う？」

レイアがニッコリ笑顔で両腕《りょううで》を広げる。

レイアが着ているのは、時代劇の登場人物が身につけるような着物。映画村のスタッフに着付けてもらったものだ。

レイアがパタパタと腕を振《ふ》ると、振り袖《そで》が動きに合わせて揺《ゆ》れた。その仕草がペンギンみたいで愛くるしい。

ご主人さまに褒《ほ》めてほしがる仔犬のような、期待に満ちた目をするレイアに、俺はニカッと歯を見せた。

「可愛《かわい》いしキレイだしステキだし、どんな言葉で表せばいいか迷うくらい似合ってる」

「えへへへ……ジョゼフくんも似合ってるよ」

レイア同様、俺も着物に着替《きか》えている。この着替《きが》えもシーズンイベントの一環《いっかん》だ。

「それではこちらに来てください！」

着付けをしてもらった俺たちにスタッフが声をかける。

スタッフに連れられて向かうと、武士の格好をした複数の男性スタッフが待っていた。

俺たちを連れてきたスタッフが、俺に模造刀を手渡《てわた》す。

「こちらでポーズを取っていただきましたら、私たちが撮影しますので！」

「お願いします。こういうポーズですよね」

「そうですそうです！　完璧《かんぺき》です！」

レイアを片腕《かたうで》で抱《だ》きしめて模造刀を構える俺に、スタッフが親指を立てた。

腕のなかのレイアは頬を赤らめ、うっとりとした顔で俺を見上げている。俺に抱きしめられたことと、これからニブコイのヒロインになりきれることで、嬉しさゲージがマックスになっているんだろう。

そう。映画村のシーズンイベントとは、『ニブコイのシーン再現』。ちょうどこのシーズンイベントをしていたからこそ、俺はレイアを映画村に連れてきたんだ。

ニブコイでは、アクシデントによって主人公とヒロインが殺陣《さつじん》に参加することになる。その最中に主人公が、本格的な殺陣に慌《あわ》て、ケガをしそうになったヒロインを助ける。今回のシーズンイベントではそのシーンを、格好・シチュエーションをそっくり真似て体験できるんだ。

「スゴい……夢みたいだよぉ……」

レイアが頬をふにゃりとさせる。ニブコイのヒロインと同じ体験をできるのが、幸せで堪らないらしい。

「それじゃあ行きますねー！」

武士の格好をしたスタッフが、ニブコイのシーン同様、俺たちに模造刀を向ける。

俺は模造刀を構え――ニブコイの主人公の台詞を再現した。

「俺がどうなろうと、こいつだけは傷つけさせねぇ！」

さらに、不敵に笑って付け加えた。

「一生な」

レイアが目を見開く。俺の付け加えた台詞がアドリブだったから。そして、その台詞に込《こ》められた俺の本心を読み取ったからだろう。

このアドリブはアドリブであってアドリブじゃない。一生レイアを守ると、俺は誓っているのだから。

スタッフがカメラのシャッターを切り、俺たちに笑いかけた。

「撮影は終了《しゅうりょう》です！　それにしてもラブラブですねー！」

「ええ。さっきの台詞《せりふ》は俺の本音です」

「あ、甘い……！」

堂々と宣言する俺に、スタッフが口元を覆って悶絶《もんぜつ》する。武士の格好をしたスタッフたちもプルプル震えていた。

あとで見てみたら、写真に写るレイアは夢見心地な表情をしていた。

✡　✡　✡

続いて俺たちが訪《おとず》れたのは、映画村の近くにある茶屋だ。

この茶屋は、ニブコイの主人公とヒロインが寄った茶屋の、モチーフになったと言われている。

そこで俺たちは、主人公・ヒロインと同じ甘味《かんみ》を注文した。レイアが抹茶《まっちゃ》パフェ、俺はあんみつだ。

「んーっ！　抹茶の味が濃くて美味しいーっ♪」

「あんみつのあんこも絶品だなあ」

俺たちはホクホク顔で舌鼓を打つ。作中の登場人物と同じ甘味を味わえたことはもちろんだが、なによりレイアと一緒《いっしょ》に楽しめることが心底嬉しい。

頬に手を当て目を細め、レイアは抹茶パフェの美味しさにホワホワした笑みを浮かべていた。

可愛いなあ、愛《いと》おしいなあ……こんなのいつまでも眺《なが》めてられるぞ。

こういうとき、『このまま時間が止まればいいのに』とひとは思うのだろう。まさに幸せの絶頂だ。

俺が幸福感に満たされていると、レイアがパフェの抹茶アイスをスプーンですくい、俺に差し出してきた。

レイアが、ニヒッとイタズラげに口端を上げる。

「助けてくれたお礼。それだけだから」

それはニブコイのヒロインの台詞。映画村のアクシデントで庇《かば》ってくれた主人公に、ツンデレしながらあーんしてあげるシーンのものだ。

レイアはそっぽを向いて唇《くちびる》を尖《とが》らせていた。天使なレイアが見せるツンデレな仕草。普《ふ》段《だん》とのギャップでその破壊力《はかいりょく》は凄《すさ》まじい。ツンデレなレイアを見られただけでも聖地巡礼した甲斐がある。

ツンデレバージョンのレイアに萌《も》えながら、俺はパクリと抹茶アイスを口にした。レイアが言ったとおり濃厚な抹茶の味が広がり、豊かな風味が鼻から抜《ぬ》けていく。

絶品アイスを堪能《たんのう》し、俺はレイアに言った。

「礼なんて言わなくていい。大切なひとだから助けたんだ」

「～～～～～っ!?」

レイアが目をまん丸にして、唇をムニャムニャさせた。

映画村のときと同じく、この台詞も俺のアドリブだ。

ニブコイの主人公は超鈍感《ちょうどんかん》で、ツンデレな態度をとるヒロインの本心に微塵《みじん》も気づけなかった。だが、俺とレイアは両思い。だから、想《おも》いをストレートに伝えたんだ。めちゃくちゃ照れくさかったけど。

レイアは頬を桜色にし、視線を泳がせたあと、俺を見つめて返事する。

「ズルい……わたしだってあんたが大切なんだから」

「〜〜〜〜〜っ⁉」

今度は俺が悶える番だった。

口調を真似てはいるが、作中のヒロインはこんなに素直《すなお》じゃない。想いを伝えるのは最後の最後だ。

この台詞はレイアのアドリブ。俺への仕返しのつもりだろう。

色づいた顔を互いに見つめ、俺たちは笑みをこぼす。

「そんな台詞ないだろ」

「ジョゼフくんだってそうでしょ？」

クスクスと笑い合いながら、俺たちは甘味を美味しくいただいた。

✡　✡　✡

次の目的地は、京都市右京区嵯峨野《さがの》にある野宮神社《ののみやじんじゃ》だ。

野宮神社はニブコイに登場した神社のモチーフになったとされ、恋愛成就《れんあいじょうじゅ》の御利益《ごりやく》があるらしい。

「ここでふたりのヒロインが主人公を取り合ったんだよね」

「先に願かけできたほうが結ばれるってやつな。あれは笑ったなあ」

恋人繋《こいびとつな》ぎをした俺とレイアは、談笑《だんしょう》しながら境内《けいだい》を進む。聖地巡礼に加え、ここでお参りをして、俺たちの仲をより発展させるために。

本殿《ほんでん》へ向かう途中《とちゅう》、前から一組の男女がやってきた。腕《うで》を組んでピッタリとくっついている。見るからにラブラブだった。

「お参りしたから準備万端《ばんたん》ＯＫね」

「一緒に頑張ろうな。俺、野球のチームを作るのが夢なんだ」

「もーっ！　がっつきすぎっ」

なんの話だ？　恋愛成就《じょうじゅ》の神社と、野球のチームに関係なんかあるか？

カップルの会話が理解できず、俺とレイアは揃《そろ》って首を傾《かし》げる。

カップルが俺たちとすれ違い――

「今更《いまさら》だろ？　子宝安産の御利益にあやかりに来たんだからさ」

ふたりがなんの話をしていたのか察し、俺とレイアはカチン、と硬直《こうちょく》した。

俺たちの背後でカップルはますますイチャつき、遠ざかっていく。

俺とレイアは頬をヒクヒクさせながら、声を重ねた。

「「……子宝、安産？」」

レイアの顔が瞬間湯沸《しゅんかんゆわ》かし器《き》みたいな勢いで赤くなる。俺の体温も一気に上昇《じょうしょう》し、顔がカッカと火照《ほて》っていた。

スマホを取り出して調べると、たしかに野宮神社の御利益は恋愛成就だけじゃなかった。子宝安産、良縁《りょうえん》成就などもあるらしい。

要するに先ほどのカップルは、『野球チームが作れるくらい子どもを授《さず》かろう』と話していたわけだ。

俺とレイアのあいだに沈黙《ちんもく》が訪れる。ふたりして、照れくささとむず痒《がゆ》さにモジモジしていた。

やがて、俺は深呼吸して腹を括《くく》る。

「行こう、レイア。いつかはそのときが来るんだし」

繋《つな》いだ手に力を込めると、レイアがバッと俺を見上げた。スカイブルーの瞳がまん丸に見開かれ、顔色がさらに赤くなっている。

俺の心臓がバイクのエンジン音みたいに激しく鳴っている。『いつか俺の子どもを産んでくれ』と言ったようなものだから、当然だけど。

レイアが恥《は》ずかしそうにうつむき、それでもたしかに頷《うなず》いた。

トン、とレイアが俺に体を寄せ、スリスリと頬ずりしてくる。

いままで感じたことがないほどの愛おしさと喜びがこみ上げ、俺はレイアの頭を優しく撫《な》でる。

身を寄せ合う俺たちは、先ほどのカップルに負《ま》けず劣《おと》らず、ラブラブに映ったことだろう。

✡　✡　✡

野宮神社を出たところで、ポツポツと雨粒《あまつぶ》が降ってきた。

雨はどんどん勢いを増していく。俺とレイアは雨宿りできる場所を探し、京都市内を走っていた。

「もーっ！　せっかくのデートなのに雨なんて！」

頬をぷくぅっと膨らませるレイアを、俺は「まあまあ」と宥《なだ》める。

「俺はレイアと一緒にいるだけで楽しいよ」

「ボ、ボクもそうだけどさぁ……」

「それに、ニブコイでも同じ展開だったろ？」

ニブコイでも、神社の願かけで勝利したヒロインが主人公とともに帰る際、俺たちのように雨に見舞《みま》われている。

「だから、これも聖地巡礼の一環と考えたらどうだ？」

俺が笑いかけると、レイアはポカンとしたあと、クスッと笑《え》みをこぼした。

「そうだね。これはこれで作中のキャラクターになった気分を味わえていいね」

「だろ？　あのときの展開も面白《おもしろ》かったよなあ」

「うん！　雨宿りの場所を探してたら、ヒロインがラブホテルを見つけて――」

レイアが思い出し笑いとともに言いかけたときだった。俺たちの視界に、やたらと煌びやかな建物が映る。

城に似た外観。看板にはハートマーク。

そう。ラブホテルだ。

雨に濡《ぬ》れるのも厭《いと》わず、俺とレイアは足を止めた。止めずにはいられなかった。

作中の状況《じょうきょう》とそっくりそのまま。あのシーンで、主人公とヒロインは雨宿りとしてラブホテルに入るんだ。もちろん、事には及《およ》ばないけれど。

だとしたら、俺たちは……俺たちも……。

心臓がドキドキと高鳴る。チラリとレイアを窺《うかが》うと、その頬に朱が差していた。

沈黙のなか、レイアが俺を見上げ、モジモジしながら口を開く。

「きょ、今日のデートは、聖地巡礼だよね？」

「そ、そうだな」

「じゃあ、あそこにも入ったほうがいいんじゃないかな？」

それは精一杯《せいいっぱい》のお誘《さそ》い。レイアの目は熱っぽく潤《うる》んでいた。

レイアの意図を察し、俺は腰《こし》に手を回す。

「そうだな……それに、俺たちは恋人《こいびと》だしな」

腰をそっと押《お》してエスコートすると、レイアの顔が艶《つや》っぽく緩《ゆる》む。

俺たちはラブホテルに入っていった。

俺たちが入った部屋は、これぞラブホテルといった内装をしていた。

ピンク色の照明。大きなダブルベッド。浴室はガラス張り。睦《むつ》み事のために建てられただけはあり、そこはかとなく淫靡《いんび》なムードが漂《ただよ》っている。

せっかくラブホテルに来たんだし、ここでしかできないことをしたい。

そこで俺たちは、シャワーを浴びているところを互いに眺め合うことにした。一種の羞《しゅう》恥《ち》プレイだ。

先に俺がシャワーを浴び、いまはレイアが浴びている。

シャワーを浴びるレイアの体は桜色に色づいていた。シャワーの温かさだけによる赤みじゃない。性的な興奮も要因だろう。

ハチミツ色の髪が濡れ、幼げな肢体《したい》にまとわりつき、ボディーラインを浮かび上がらせている。

ささやかな胸の膨らみ。その尖端《せんたん》の桃色《ももいろ》は、小さくともはっきりと膨らんでいた。茂《しげ》みのない秘所からは、お湯とは違った液体がこぼれていることだろう。

レイアがこちらに目をすがめた。バスローブを羽織り、ベッドに腰掛《こしか》ける俺は、一切《いっさい》目を逸《そ》らさず、網膜《もうまく》に焼き付けるようにレイアを眺めている。

すでに人格は変容している。俺の髪は黄金色《おうごんいろ》となり、体からは紫色《むらさきいろ》の魔力《まりょく》が立ち上っていた。

人格変容のトリガーは異性への欲情。そのことがわかっているレイアは、ゾクゾクと背筋をわななかせ、蕩《とろ》けるような笑みを浮かべる。

太ももをこすり合わせ、腹部をキュンキュンとへこませる様子は、レイアが視姦《しかん》されて悦《よろこ》んでいることを示していた。

シャワーを浴び終えたレイアはバスローブを羽織り、俺の隣《となり》に腰掛ける。

肩《かた》を抱き、俺はレイアの瞳を見つめた。

「俺が欲《ほ》しい？」

「うん……欲しい」

「刻みつけてほしい？」

「うん……一緒に思い出作ろう？」

レイアが甘《あま》く熱い息を吐《は》きながら答える。

レイアを抱き寄せ、顔を近づけて、俺は囁《ささや》いた。

「いいよ。忘れられない一時にしよう」

俺たちはどちらからともなく唇を重ね、チュッ、チュッ、と触《ふ》れるだけのキスを繰り返す。

一旦《いったん》唇《くちびる》を離《はな》してはにかみ合い、再び唇を重ねた。今度は情熱的なディープキスだ。

「ん……ちゅっ……ふぁ……」

隙間《すきま》なく唇を合わせ、舌と舌とを絡《から》め合い、歯をなぞり、上顎《うわあご》をくすぐり、唾液《だえき》をすすり合う。どれだけ好きかを伝え合う。

恋人のキスをしながら、俺はバスローブの上からレイアの右胸に触れた。

「ふぅんっ♥」

レイアが艶《なま》めかしく鳴く。

ささやかな膨らみを、フニフニと慈《いつく》しむように揉《も》む。快楽が生じたのか、レイアが舌先を震《ふる》えさせた。

バスローブの上からわかるほど、レイアの尖端はしこりきっている。俺はそのしこりをカリカリと指で掻《か》くように刺激《しげき》した。

「んっ……んっ……んあぁ♥」

レイアの肩がピクン、ピクン、と跳《は》ねた。舌の動きは激しさを増し、構って構ってと俺の舌にまとわりついてくる。

いいよ、レイア。俺のことしか考えられなくなるくらい、いっぱいいっぱい構ってあげるよ。

レイアのおねだりに応え、俺も舌をくねらせる。トロトロと唾液を注いであげると、レイアは嬉しそうに目を細め、コクンコクンと真っ白な喉《のど》を鳴らした。

チュパッと音を立て、俺とレイアは唇を離す。

レイアの唇から甘い吐《と》息《いき》が漏《も》れる。顔はバターみたいに蕩け、潤んだ瞳が物欲しげに俺を見つめていた。

可愛くて愛おしくて堪《たま》らない。

ゴールデンブロンドの艶髪《つやかみ》を左手で優しく撫で、俺はレイアをそっとベッドに横たえる。

ベッドに上がった俺は、覆《おお》い被《かぶ》さるような格好で、レイアのバスローブに手をかけた。

レイアが「あっ♥」と呟《つぶや》く。

期待と悦楽《えつらく》を宿す、スカイブルーの瞳を見つめ、俺はレイアのバスローブをはだけさせた。

露《あら》わになる胸の膨らみ。その中心で、ベビーピンクの蕾《つぼみ》がツン、と尖っていた。存在を主張するように。愛してほしいと訴《うった》えるように。

「ここもしてほしい？」

「……うん」

ブルッと身震《みぶる》いしながら、レイアが素直に頷く。

お利口さんの頭を撫で、俺は左の蕾に顔を近づけた。

「ジョゼフくん……♥」

興奮にレイアが息を荒《あら》くさせる。

俺は舌を伸《の》ばし、レイアの蕾をチロリと舐《な》めた。

「ひぅっ♥！」

レイアの体が弓なりに跳ねる。

俺はチロチロと蕾を舐《な》め回し、チュッとキスして、はむっと咥《くわ》え、音を立てて吸う。

右の蕾も忘れず愛《め》でる。先ほどと同じく指でカリカリと、先ほどとは異なり直《じか》に攻《せ》め立てた。

「ふあぁっ！　んひっ！　ひきゅうぅうううっ♥！」

桃色の喘《あえ》ぎが耳朶《じだ》をくすぐる。

シトラスみたいなレイアの匂《にお》い、汗《あせ》のかすかなしょっぱさ、不思議と感じるミルクの味を堪能し、俺は徐々《じょじょ》に愛撫《あいぶ》の位置を下へズラしていった。

右季肋部《みぎきろくぶ》にキスして、右側腹部を舐め、臍部《さいぶ》にたどり着いて――へそに舌をねじ込む。

「はひぃいいいいいいいいいいっ♥♥!!」

それだけで達してしまったらしい、レイアがガクガクと痙攣《けいれん》し、腹部をキュンキュンと断続的にへこませる。

悦楽の頂《いただき》に突き上げられたレイアに、俺はなおも舌愛撫を続ける。痙攣するへそを、なおもネロネロと舐《ねぶ》った。

「あっ！　ひあぁあああぁっ♥！　んやあぁあああああああっ♥！」

レイアは悦楽の頂に留《とど》まらざるを得ない。快感の波が静まる前に新たな快感に見舞われ、休む間もなく達し続ける。

「ふなぁあああああああああああああああっ♥♥!!」

やがてひときわ高い嬌声《きょうせい》を響《ひび》かせ、レイアがブリッジした。

ピーンと体を強張《こわば》らせ、おとがいを反らし――脱力《だつりょく》してベッドに身を預ける。

はぁはぁ♥　と、レイアの息は荒かった。

「ス、スゴすぎるよぉ……頭、真っ白になっちゃったぁ♥」

「それはよかった。けど、まだ終わりじゃないよ」

「ふえ？」

てっきり愛撫はこれで終了だと思っていたのだろう。レイアがトロンとした目で可愛らしく首を傾げる。

クスリと笑みをこぼし、俺は舌をさらに下へ滑《すべ》らせた。臍部から下腹部へと。

「ジョ、ジョゼフくん？　え？　ま、まさか……」

レイアの声に戸惑《とまど》いと羞恥が交ざる。

ツルツルのデルタゾーンにキスをして、俺は答えた。

「そのまさかさ」

レイアの両腿を割り開き、愛蜜《あいみつ》を湛《たた》える花弁に口づける。

「んひゃぁああっ♥!?」

レイアが嬌声を上げるなか、淫《みだ》らに咲《さ》いた花を舐り、次から次へと溢れてくる蜜を味わい、女のフェロモンを吸《す》い込む。

レイアの蜜もフェロモンも、ハチミツヨーグルトのように甘酸《あまず》っぱかった。

「やっ！　そ、そんなとこ汚《きたな》いよぉっ！」

「レイアの体に汚いところなんてひとつもないよ」

慌てて引き剥《は》がそうと俺の頭を押すレイアに、片時も舌愛撫をやめず、俺は告げる。

「どこもかしこも清らかで美しい。俺はレイアのすべてを愛したい」

「あうぅぅ……そ、そんな嬉しいこと言われたら拒《こば》めないぃぃ……！」

レイアの抵抗《ていこう》が弱まる。それは、もっと愛してほしいとのお願い《サイン》。

だから俺は、レイアの内側に舌を差し入れた。

ニュルン
「きゃうぅぅうううううぅっ♥⁉」

熱く蕩けた内側をかき混ぜ、女蜜《にょみつ》をすする。

さらに、快楽を与《あた》えたことで増幅《ぞうふく》された魔力を、すべて舌先に集中させた。

「ふにゃぁあああああああああああああああああああっ♥♥‼」

敏感《びんかん》な内側の粘膜《ねんまく》に、快楽増加の魔力を注《そそ》ぎ込まれれば、ひとたまりもない。

三度《みたび》悦楽を極《きわ》め、レイアの内側がキュウウッとすぼまる。腰が浮き、カクカクと震える。

締《し》め付ける内側からニュポッと舌を引き抜くと、「あんっ♥」と鳴き、クタリとレイアが脱力した。

秘所から頭を上げ、レイアの顔を眺める。レイアは快楽に涙をこぼし、ヨダレを垂れさせ、舌をテロリとはみ出させていた。

それでも美しさは微塵も損《そこ》なわれていない。むしろ、艶めかしさが加わったことで、芸術に昇華《しょうか》されている。

喘ぎ交じりに呼吸するレイアに、俺は微笑《ほほえ》みかけた。
「本番はこれからだよ、レイア。俺が欲しいんだろう？　刻んでほしいんだろう？」
強すぎる快楽で疲弊《ひへい》したのか、レイアは言葉を発せなかった。
だからか、レイアは淫靡な微笑みと、誘うような瞳で俺に答えた。
円香・レイアとのデートは大成功。俺はふたりとどこまでも幸せなときを過ごした。
――波乱は翌日、唐突《とうとつ》にやってきた。

第五章　急転、謎々《なぞなぞ》

　レイアとデートした翌日の夜。

　俺、円香《まどか》、凜《りん》は、陰陽頭執務室《おんようのかみしつむしつ》に呼び出されていた。

　デスクについた土御門《つちみかど》さんが、開口一番告げる。

「陰陽寮《おんようりょう》で保管していた天神《てんじん》の金剛杵《こんごうしょ》が、真言立川流《しんごんたちかわりゅう》に奪《うば》われた」

「「なっ⁉」」

　俺と円香が絶句する。あらかじめ聞かされていたのか、凜は驚《おどろ》かなかったが、沈痛《ちんつう》な表情をしていた。

「陰陽寮が襲撃《しゅうげき》されたんですか⁉」

「違《ちが》うんです、先輩《せんぱい》」

　泡《あわ》を食って土御門さんに尋《たず》ねると、代わりに凜が答える。

「いつの間にかなくなっていたんです」

「……は？」

「襲撃も戦闘《せんとう》も起きていません。気づいたら奪われていたんですよ」

凛の説明を聞いても理解できなかった。

陰陽寮は国内最大の魔術《まじゅつ》結社。そこから、気づかれることなく奪った？

あり得ない。力尽《ちからず》くで強奪《ごうだつ》したならともかく、捕捉《ほそく》されずにかすめ取るなんて、できるはずがない。

「無論、陰陽寮《われわれ》の警備は万全《ばんぜん》だった。保管場所は厳重に守られていた。だが、痕跡《こんせき》ひとつ残すことなく、真言立川流は神具を奪った。信じたくはないが、真言立川流の力は我々の想像を絶しているようだ」

言葉もなく立ち尽《つ》くしていると、土御門さんが重く溜息《ためいき》をつく。

「グランディエくん。きみと約束していたが、守っている状況ではなくなってしまった。申し訳ないが、中尾《なかお》くんには授業を欠席し、禊《みそ》ぎに専念してもらう」

俺はギリッと奥歯《おくば》を軋《きし》らせた。

土御門さんの言い分は正しい。真言立川流は得体が知れないうえに、国内最大の魔術結社を欺《あざむ》く実力を持っている。もはや俺の我《わ》が儘《まま》を通せる事態ではない。霊視《れいし》を強化するため、円香に禊ぎに専念してもらうのが最善だろう。

だが、論理的に正しいことと、自分が認められるかは別だ。

俺《おれ》は円香に自由でいてほしい！　千夜《ちよ》やレイアやアグネスと一緒に、学校生活を楽しんでほしい！

俺は拳《こぶし》を握《にぎ》りしめる。

真言立川流さえ捕《と》らえれば円香は自由になれるんだ！　なんとかして俺が捕らえれば

……!!

真言立川流をどう捕らえるか、頭が焼き切れるほど考えていたとき。

「謀略《ぼうりゃく》を秘《ひ》めた者が、大いなる力を携《たずさ》え、再び力を奪いに訪れます」

厳《おごそ》かな声が聞こえた。

隣にいる円香が、ぼんやりとした表情で虚空《こくう》を見つめている。俺たちには見えない『なにか』を眺めている。

「霊視か」

土御門さんが目つきを鋭《するど》くした。

「彼《かれ》らが訪れるのは二日後、午後九時五四分。その場所は、上御霊神社《かみごりょうじんじゃ》」

禊ぎの成果か、以前と違い、円香は襲撃時刻まで予見している。

霊視の内容を聞き、土御門さんが「ふむ」と顎《あご》に指を当てた。

「神具『厄神《やくじん》の羯磨《かつま》』が納められている神社だな。真言立川流は、天神の金剛杵の力をもって新たな神具を奪うつもりだろう」

円香の顔つきが、茫洋《ぼうよう》としたものからもとの内気そうなものに戻《もど》るなか、土御門さんが重く告げる。

「今度こそ襲撃者《しゅうげきしゃ》を捕らえる。グランディエくん、手伝ってもらえないだろうか？」

「もちろんです」

俺は即答《そくとう》した。

言われるまでもない。襲撃者は必ず捕《つか》まえる。俺の出せる手のすべてを駆使《くし》して。

俺は眉《まゆ》を上げる。

「取り逃《に》がすつもりなんてありません」

✡　✡　✡

上御霊神社は京都市上京区《きょうとしかみぎょうく》にあり、洪水《こうずい》を起こしていた怨霊《おんりょう》——早良親王《さわらしんのう》の力が秘められた神具が納められている。

授業を終え、事務仕事を手早く片付け、襲撃時刻の四時間前に、俺は上御霊神社を訪れた。早入りしたのは、できる限りの準備をするためだ。真言立川流の術者を捕らえ、円香の自由を守ると決めたからだ。

陰陽師《おんみょうじ》たちは連絡《れんらく》を取り合い、警備の配置を確認《かくにん》している。夕闇《ゆうやみ》のなか、俺は境内を巡《めぐ》り、陰陽師たちが配備される場所を確かめていく。

上御霊神社の見取り図にペンを走らせ、すべての配置場所を書《か》き込んだ俺は、思考に沈《しず》んだ。真言立川流は得体が知れない。陰陽師たちの配置を見抜《みぬ》いている可能性も考慮《こうりょ》しなければならない。

陰陽師たちがこんなふうに配置されるとしたら、俺ならどう突破《とっぱ》する？

考えながら、俺はさらに境内を巡る。

見取り図と実際の風景を交互《こうご》に見やり、頭のなかでシミュレーションを繰《く》り返し——足を止めた。

「攻めるとしたらここからだな」

花御所八幡宮《はなのごしょはちまんぐう》の裏にある道だ。警備の配置上、この辺りは手薄《てうす》となる。ここから突破される可能性は高い。

だが、そんなことは許さない。

俺は片膝《かたひざ》をつき、左のポーチから霊符《れいふ》を取り出して地面に貼《は》った。霊符を中心に『絶命方《ぜつめいがた》』の文字が浮《う》かび、霊符ごとふっと消える。

できた。

「よし。これでいい」

「先輩、なにしてるんですか？」

対策を施《ほどこ》していると、いつの間にか現れた凜が、上体を横に傾《かたむ》けて俺の顔をのぞき込んできた。

「なんちゅう体勢してんだ」と半眼でツッコんでから、俺は答える。

「方位術でトラップを仕掛《しか》けてるんだよ」

「トラップ？」

「真言立川流がここから攻めてきそうだからな。『絶命方』を使った」

「うわぁ、えげつない。最凶《さいきょう》の方位じゃないですか」

「うげぇ」と凜が顔をしかめた。

『絶命方』は凜が言ったとおり、最大の凶方位だ。絶命方に立ち入った者はあらゆる不運に見舞われ、発動中の魔術《まじゅつ》も解除されてしまう。

「ついでに『感染《かんせん》の法則』を利用して霊的経路《れいてきパス》も作っとくか」

俺はポーチから針を取り出し、右の親指をプツッと突《つ》いた。かすかな痛みが走り、親指の腹に血の玉ができる。親指から流れた血を、俺は霊符を貼った場所に垂らした。

『なにかの一部だったものや接触《せっしょく》していたものは、離れたあとでもそのものに対して影響《えいきょう》力《りょく》を持つ』という『感染の法則』。

本来は『呪《のろ》い』をはじめとした『類感魔術《るいかん》』に用いるが、今回俺は霊的経路──『五感では把握《はあく》し得ない繋がり』を作るために用いた。

これで俺は、誰《だれ》かが絶命方に立ち入ったとき、察知できるようになった。真言立川流がトラップに引っかかれば、陰陽師たちに連絡し、取り囲むことも可能だろう。対策は万全だ。

「ここにトラップを仕掛けたこと、凛は覚えててくれ。あと、陰陽師たちにも伝えてくれるか？　間違《まちが》って立ち入ったらマズいから」

「了解《りょうかい》です！」

体勢を戻してビシッと敬礼する凛に、俺は「頼《たの》むぞ」と笑いかけた。

「それにしても張り切ってますね、先輩。絶命方まで使うなんて」

「円香のためだからな。やれることならなんだってやるさ」

そう。円香を自由にするためなら、一緒に帰るためなら、俺はどんな手でも使ってやる。

「そう、ですよね……この事態が片付いたら、先輩、帰っちゃうんですよね」

俺が冷たい覚悟《かくご》を決めていると、凛がポツリと呟いた。

凛の顔はどこか切なげに見える。俺とせっかく再会できたのに、真言立川流を解体させれば、また離ればなれになってしまう。それがさみしいのだろう。

おちゃらけたやつだけど、いじらしいところもあるんだよな。

俺は立ち上がり、凜の頭をポンポンした。

「今生の別れってわけじゃないだろ？　また会えるさ。連絡先《れんらくさき》も改めて交換《こうかん》したしな」

優《やさ》しく慰《なぐさ》めると、凜が恨《うら》めしげな目で俺を見上げてくる。凜の唇は拗《す》ねるように尖っていた。

「子ども扱《あつか》いしないでくださいよぉ」

「普段からお前は子どもっぽいだろ」

「酷《ひど》い！　ウチは立派な大人《レディー》の女です！」

「はいはい」

「あしらい方が雑！」

ぷくぅっと頬《ほお》を膨《ふく》らませて、凜が両手でポコポコと猫《ねこ》パンチみたいに叩《たた》いてくる。

凜には悪いけど、張り詰《つ》めていた神経が、ちょうどよく緩んだ。

✡　✡　✡

今回俺たちに当てられたのは、南門の警備だった。

時刻は午後九時四二分。円香の霊視によれば、間もなく真言立川流が襲撃に来る。

「今日はみんなに守りを任せたいんだが、いいか？」

集まった四人に俺は頼んだ。

レイアがコテンと首を傾げる。

「いいけど、どうして？」

「はじめから全力で攻めに行く。そうなると守りに意識を割《さ》けなくなるだろうから、みんなに頼みたいんだ」

「わたしは構いません」

「せ、先生は、気にせず、存分に、戦ってください」

「守りはわたしたちに任せてほしい」

四人が頷き、俺は「ありがとう」と相好を崩《くず》した。

スマホを取り出して確認すると、時刻は午後九時五三分。あと一分で真言立川流が現れる。

俺は四人から離れ、歩を進め、車道のど真ん中に立った。

辺り一帯は通行止め。近隣《きんりん》住民は避難《ひなん》済み。戦闘の準備は整っている。

俺は西部劇のガンマンのようにポーチに両手を伸ばし、深呼吸して精神を研《と》ぎ澄《す》ませた。

来るなら来い。

直後、闇夜《やみよ》を煌々《こうこう》とした光が裂《さ》いた。

即座《そくざ》に反応し、俺は右へ飛び退《の》く。寸前まで俺がいた場所を雷《かみなり》が直撃《ちょくげき》した。

大砲《たいほう》の発射音の如《ごと》き轟音《ごうおん》が鼓膜《こまく》を襲《おそ》う。衝撃《しょうげき》が全身を揺《ゆ》さぶり、突風《とっぷう》がコートと髪《かみ》を乱暴にはためかせる。

それら一切を無視し、俺は車道を歩いてくる影《かげ》を見据《みす》えた。

フード付きの黒いローブで全身を覆い、狐《きつね》のお面で顔を隠《かく》した真言立川流の術者。前回と同じく三体の狐《こう》を従える術者の手には、天神の金剛杵が握られている。いまの雷は、この術者が起こしたものだろう。

オゾン臭《しゅう》が立ちこめるなか、俺は言い放った。

「一気に行かせてもらう。捨て置けない事情があるんでな」

答えの代わりに、術者が天神の金剛杵を掲《かか》げた。天神の金剛杵から、青白い光線が天に向かって伸びる。

ゴロゴロと雷鳴《らいめい》が響いた。落雷の前兆だ。

瞬間《しゅんかん》、俺はポーチから呪物《じゅぶつ》を——蛇《へび》の絵が描《か》き込《こ》まれた、小さな十字架《じゅうじか》を取り出し、頭上に放《ほう》った。

カッ！　と夜空が輝《かがや》き、紫電《しでん》の槍《やり》が射出される。

雷槍《らいそう》が俺を貫《つらぬ》こうと迫《せま》りくるなか、俺は唱えた。

『十字蛇剣《じゆうじじやけん》により、我、諸悪を避《さ》けん！』

クルクルと宙を舞《ま》う十字架。そこに描《えが》かれた蛇が、生命を与えられたかの如く蠢《うごめ》き出す。

蛇は十字架から飛び出し、十字架を中心とした円を描いた。その円を嫌《きら》うように、雷槍が軌道《きどう》を曲げ、俺から一〇メートルほど離れた位置に落下する。

『十字蛇剣の避《ひ》悪呪法《あくじゆほう》』。悪意をもって放たれた攻撃《こうげき》から、身を守る魔術だ。

轟音が大地を震撼《しんかん》させる。衝撃波が突風を生む。

煙《けむり》と水蒸気がモウモウと立ちこめ、視界が不鮮明《ふせんめい》になるなか、俺は一計を案じた。

ちょうどいい。この状況を利用させてもらおう。

『私がどこへ行こうと、決して離れず、私についてきなさい！』

俺は呪文を唱え、シャツの胸ポケットに忍《しの》ばせておいた、人形の呪物に魔力を込めた。

魔術を行使した俺は、足音を殺し、右へ迂回《うかい》しながら術者のもとに歩いて行く。

立ちこめていた煙と水蒸気が晴れる。術者が体を強張らせ、狼狽《ろうばい》したようにキョロキョロと辺りを見回しはじめた。

術者は俺を捜《さが》しているんだ。『透明化《とうめいか》の魔術』によって姿を消した俺を。

前回の襲撃の際、術者は狃に俺を襲わせ、そのあいだに隠形法《おんぎょうほう》を用いて姿を眩《くら》ました。

俺がしたのはその意趣《いしゅ》返しだ。落雷によって発生した煙を隠れ蓑《みの》に、透明化によって姿を消す。まるきり術者と同じ手法だ。

自分がやった手で仕返しされる気分はどうだ？　極悪《ごくあく》な戦法だろ？

俺はほくそ笑み、術者と同じく俺を捜している三体の狃に左手を向けた。その五指が闇《やみ》色《いろ》に染まる。魔弾《まだん》の装填《そうてん》だ。

三体の狃が直線上に並んだとき、俺は魔弾を発射した。

五点連射《フルバースト》。

五つの発砲音《はっぽうおん》が重なる。

漆黒《しっこく》の弾丸《だんがん》が五発、夜闇を駆《か》け抜《ぬ》け、一体目の狃の巨体《きょたい》を貫く。

土手っ腹に大穴を開けられた一体目の狃が倒《たお》れるときには、二体目の狃の頭が弾《はじ》け飛んでいた。

『GOOOOOOHH⁉』

仲間の死に気づき、三体目の狃が瞠目《どうもく》する。

動揺《どうよう》する狃を襲う魔弾。

三体目の犭孔を魔弾が穿《うが》つ――寸前。

『GOOOOOOOOOOOOOOOOOOOHHHH!!』

必死の形相で後ろに跳《と》び、犭孔がギリギリで魔弾を避《よ》けた。

回避《かいひ》に成功した犭孔が、ニヤリと口端《こうたん》を上げる。

「甘い」

だが、回避された魔弾は即座に軌道を変え、弧《こ》を描きながら再び犭孔に襲いかかった。

笑みを描いていた犭孔の口が、「そんな馬鹿な……!!」と言うようにあんぐりと開けられる。

「魔弾は必殺必中の弾丸。狙《ねら》った獲物《えもの》は逃《のが》さない」

一発目と二発目の魔弾が前足を、三発目の魔弾が脇腹《わきばら》を、四発目の魔弾が胸を貫き――

『GOOOO……OOHH……』

口腔《こうこう》から血を吐く犭孔の眉間《みけん》に、五発目の魔弾が風穴を開けた。

三体の犭孔が肉の塊《かたまり》と化し、アスファルトに倒れて、ズズン、と地響《じひび》きを立てる。

三体の従者を瞬殺《しゅんさつ》され、術者が呆然《ぼうぜん》と立ち尽くした。

術者が呆然としているあいだに、俺は詰めに入る。

『汝《なんじ》を眠《ねむ》りより覚ます！　我が敵を打ち倒さんために！』

アスファルトを乱暴に踏《ふ》み、大地の怨霊を用いる。大量に湧《わ》き出てきた影色の腕《うで》が、術者を捕らえんとつかみかかった。

ハッと我に返り、術者は慌《あわ》てて印形を結ぶ。

『オン・マユラキ・ランデイソワカ！』

変声機を通した、機械音声みたいな声で真言《マントラ》を唱えると、ふわりと術者の体が浮かび上がった。影色の腕が手を伸ばすが、ギリギリのところで術者を逃してしまう。

その昔、修験道《しゅげんどう》の祖『役小角《えんのおづの》』は、クジャクを神格化した『孔雀明王《くじゃくみょうおう》』に祈祷《きとう》し、空中飛行を行ったとされている。

術者が行ったのは、役小角と同じ魔術『孔雀明王飛翔術《ひしょうじゅつ》』だ。

宙に浮かんだ術者は、上御霊神社から離れる方向――俺たちから逃れる方向に飛んでいく。俺には敵《かな》わないと判断し、逃走《とうそう》を選んだようだ。

だが、逃がさない。逃走なんて許すはずがない。

「来い、『アリエル』！」

俺が呼ぶと、アスファルトに闇色の沼《ぬま》が広がり、カバに似た、真っ黒な四足獣《しそくじゅう》が湧き出てきた。背中から黒い翼《つばさ》を生やすカバは、明らかにただの動物ではない。

俺が契約《けいやく》している大地の悪魔《あくま》『アリエル』だ。

「落とせ、アリエル！」

空飛ぶ術者を俺が指さすと、アリエルの双眸《そうぼう》が向けられた。

アリエルがガパァッと大口を開ける。同時、術者の周りの空間が歪《ゆが》んだ。

「――――っ⁉」

術者が息をのむ。

術者の体が『く』の字に折れた。まるで、巨大《きょだい》な手のひらに押さえつけられているかのように。

アリエルの力の影響《えいきょう》だ。大地の悪魔であるアリエルには、重力を増加させる能力がある。

術者は、アリエルが発生させた重力に捕らわれたんだ。

術者はもう、前にも後ろにも右にも左にも動けない。ただ下へ、重力に負けて徐々に高度を下げていく。

「もうお前に逃れる術《すべ》はない。おとなしくお縄につけ」

術者の高度がさらに下がった。影色の腕《うで》が、今度こそ捕まえようと術者に群がる。

そのとき。

「大変です、グランディエさん！　厄神の羯磨が奪われました‼」

南門から駆けてきた陰陽師が、俺にそう知らせた。

「なっ⁉」と俺は目を剝《む》く。

馬鹿な！　またしても警備を突破したっていうのか⁉　前回の反省を踏まえ、陰陽寮はより厳重に警備をしていたのに‼

俺を驚かせたのはそれだけじゃない。

万が一突破されるとしたら、花御所八幡宮付近。だから、俺はそこに絶命方のトラップを仕掛けた。

それなのに、なんの反応もない⁉　俺のトラップをくぐり抜けたっていうのか⁉

国内最大の魔術結社による警備と、魔帝《まてい》の後継者《こうけいしゃ》が仕掛けたトラップ。それらをかいくぐることなんてできるのか？　いや、できるはずがない！　真言立川流はどんな手を使ったんだ⁉

動揺により俺の注意が逸れる。

それがいけなかった。

術者が震える手で天神の金剛杵を掲げ、天へと青白い光線が伸びる。

光線が夜空で紫電と化した。

気づいたときには遅《おそ》かった。紫電の槍が降り、アリエルを襲う。

炸裂《さくれつ》。

雷光《らいこう》。

轟音。

天神の力に敵うはずもなく、アリエルは塵《ちり》も残らず消滅《しょうめつ》する。

アリエルが消滅したことで、術者を苦しめていた重力が失われた。影色の腕に捕らわれる寸前で、術者が再び高度を上げ、夜空へと消えていく。

逃して堪るか！　ここで逃せば、円香の自由が奪われてしまう！

術者を追いかけるべく、俺は駆け出す。

だが、神具強奪の報告をしてきた陰陽師が、俺の左腕をつかんだ。

「なにしてるんですか⁉　離してください！」

「ダメです、グランディエさん！　真言立川流はふたつの神具を所持しています！　ひとりで追うのは無謀《むぼう》すぎます！」

「無謀だろうがなんだろうが俺は追わなくちゃいけないんですよ！　円香を束縛《そくばく》させるわけにはいかないんです！　放してください！　放せっ‼」

抵抗するが、陰陽師は頑《がん》として俺の腕を放さない。

術者は遠ざかり、夜空に溶《と》けるように消えていった。

もう、術者を追う術はない。

俺は奥歯を噛《か》みしめる。拳を握りしめ、食《く》い込んだ爪《つめ》が手のひらを裂き、血が滴《したた》る。

「くっそぉぉおおおおおおおおおおおおおおおおおおおおおおおおおおおおおおおおおおっ!!」

抑《おさ》えきれない悔《くや》しさと憤《いきどお》りが、咆哮《ほうこう》となって溢《あふ》れ出した。

✡　✡　✡

「──先生？　……先生っ！」

日向《ひなた》の声に、俺はハッと我を取り戻した。

「どうしたの？　さっきからボーッとしてるけど」

「い、いや、なんでもない。えーっと……どこまで説明したっけ？」

「本当に大丈夫《だいじょうぶ》なの？」

上御霊神社が襲撃された翌日。俺は二年一組の教室で授業を開いていた。

だが、どうにも身が入らない。そんな俺を、日向が心配そうな目で見ている。

「京都が『四神相応《しじんそうおう》』の思想に基《もと》づき、陰陽寮によって設計されたってとこまでだよ」

「教えてくれてありがとう。じゃあ、四神相応とはなにか解説しよう」

気を取り直し、俺は授業を再開する。

「四神相応は、四方を守護する四神──青龍《せいりゅう》・朱雀《すざく》・白虎《びゃっこ》・玄武《げんぶ》のシンボルを適した方位に設けることで、都市に繁栄《はんえい》をもたらし、災厄《さいやく》を退ける風水術だ」

俺は黒板に『京都』と記し、その上下左右に四神のシンボルを書き込んでいく。

「東の聖獣《せいじゅう》『青龍』のシンボルは流水。南の聖獣『朱雀』のシンボルは沢畔《たくはん》。西の聖獣『白虎』のシンボルは大道《たいどう》。北の聖獣『玄武』のシンボルは高山《こうざん》だ。これらのシンボルを総じて『山川道澤《さんせんどうたく》』と呼ぶ」

京都の上に『玄武＝山』、京都の右に『青龍＝川』、京都の下に『朱雀＝澤』、京都の左に『白虎＝道』と記し、続けた。

「京都の北には船岡山《ふなおかやま》が、東には鴨川《かもがわ》が、南には、干拓《かんたく》で小さくなってしまったが巨椋池《おぐらいけ》が、西には山陰道《さんいんどう》がある。山川道澤が整い、四神相応が適応されているわけだな。

この四神相応は魔力制御《まりょくせいぎょ》法に応用することもできる。相手の魔術の発動を妨害《ぼうがい》し、こちらの魔術の通りをよくする効果があるんだ。上手《うま》く用いれば、戦闘を有利に進められるだろう。

御霊会《ごりょうえ》の授業で、『御霊会は四神相応が適応された場所でしか用いられない』と話したが、それは『四神相応が適応された場所では魔力制御が行えるから』だ。

御霊会は、怨霊を御霊《ごりょう》として法具に封《ふう》じる儀式《ぎしき》。いわば、怨霊を味方につける方法だ。怨霊は災厄を起こすほどの力を持っている。四神相応の魔力制御がなければ、味方につけるなんて到底《とうてい》無理なんだよ」

そこまで言って話を区切ると、生徒たちが「ふんふん」と頷《うなず》き、俺の解説をノートにまとめていく。

その様子を眺《なが》めながら、俺は密《ひそ》かに溜息をついた。教室の最後列。千夜の左隣《ひだりどなり》の席が空いているからだ。

あの席は円香のもの。その円香は欠席している。

陰陽寮で禊ぎに専念するために。

✡　✡　✡

そのあとも、俺はたびたび注意散漫《さんまん》となり、生徒たちに訝《いぶか》しまれた。

そんな俺を、千夜、レイア、アグネスが、痛ましげに眺めていた。


結局、今日は円香に会えなかった。

仕事を終えてから陰陽寮に向かってみたが、禊ぎの最中だったらしく、顔を見ることもできなかった。

　このままではいけない。

　そう思った俺は、千夜、レイア、アグネスをホテルの部屋に呼んだ。

　ガラスの天板を持つテーブルを囲み、俺たちは話し合いをはじめる。

「円香の自由を取り戻すためには、真言立川流を解体するほかない。俺たちの本来の目的もそれだしな」

「ですが、二度捕まえようと思って二度とも失敗しています。術者ひとり捕まえられない現状、難易度が高すぎではないでしょうか？」

「百も承知だ、千夜」

　意見してきた千夜に、俺は打開案を上げる。

「だからまずは、真言立川流の手の内を暴《あば》く」

「どんな魔術を使うのか、とか？」

「もちろんそこもだが、なんとしても暴かなければならない謎《なぞ》がふたつある」

「謎？」と首を傾《かし》げるレイアに、俺は二本の指を立ててみせた。

「ひとつは、陰陽寮で保管していた天神の金剛杵を、どうやってかすめ取ったのか。もうひとつは、俺が仕掛けた絶命方のトラップを、どうくぐり抜けたかだ」

国内最大の魔術結社が守る神具を盗《ぬす》み出すのも、魔帝の後継者が仕掛けたトラップをかいくぐるのも、至難の業《わざ》だ。

だが、真言立川流の術者はどちらもやってのけた。おそらく、俺たちでは想像すらできない方法を用いて。

その謎を解かない限り、真言立川流の尻尾《しっぽ》を捕まえることすら不可能だろう。

俺たちは「「「うーん」」」と腕組《うでぐ》みして考える。

ややあって――

「こうは考えられないだろうか？」

アグネスが挙手し、推理を披露《ひろう》した。

「真言立川流のメンバーに、中尾円香のような霊視術師がいるのだ。わたしたちが霊視によって相手の襲撃を予見したように、向こうも、こちらがどう対処してくるかあらかじめ知っていた。あらかじめ知っていれば、陰陽寮の目をかいくぐることも、先生が仕掛けたトラップを見抜くことも可能だと思う」

アグネスが、くっ、と薄《うす》い胸を張る。アグネスの表情は、いつもより少しだけ自慢《じまん》げに見えた。

アグネスの推理を聞いて、俺、千夜、レイアは苦笑《くしょう》する。

俺たちの反応が芳《かんば》しくないためか、アグネスが眉をひそめた。

「間違っているだろうか？　理に適《かな》っていると思うのだが」

「アグネス。真言立川流が祀《まつ》っているのはなんだったか覚えているか？」

「人間の頭蓋骨《ずがいこつ》から作られた、髑髏《どくろ》本尊だ」

「真言立川流が推奨《すいしょう》している行為《こうい》は？」

「淫行《いんこう》だっただろうか」

「じゃあ、円香はなんのために禊ぎを行っているんだっけ？」

「霊視の精度と頻度《ひんど》を上げるためだ。穢《けが》れを祓《はら》い、神仏との感応性を……あ」

アグネスがピタリと口を止める。自分が見落としていたものに気づいたのだろう。

「穢れは『負の概念《がいねん》』——死、罪悪、淫行によって発生する。真言立川流は、『死んだ人間の頭蓋骨を祀り、『淫行』を推奨している。当然ながら穢れだらけだろう。とてもじゃないが、霊視なんてできない」

俺が指摘《してき》すると、アグネスの顔が徐々《じょじょ》に赤らんでいき、プルプルと体が震《ふる》えはじめた。

自信満々だった分、羞恥《しゅうち》が大きいらしい。

アグネスが顔を覆《おお》い、か細い声で言った。

「…………どうか忘れてほしい」

「お、落ち込むことはないぞ!?　着眼点は悪くない！　どんな考えでもいいから披露してくれれば――」

アグネスを慰め――俺はハッとする。

待てよ……もしかしたら……。

俺はしばらく黙考《もっこう》する。これまでの出来事を振《ふ》り返り、と、あ、る、可、能、性、を検証してみた。

点と点が繋《つな》がり線となる。パズルのピースが組み上がっていく。

できあがったのは、『真相』という名の一枚絵。

「そういうことだったのか！」

思わず立ち上がった俺に、三人が目を丸くする。

唖然《あぜん》とする三人に、俺は急いで指示した。

「みんな、できるだけ早く戦闘の準備を整えてくれ。出かけるぞ」

「ど、どこに行くんですか!?」

「『そういうことだったのか』って、真言立川流の手の内がわかったってこと？」

「悪いが、いまは説明してる場合じゃない。一分一秒も惜《お》しい」

コートを羽織りながら、俺はキッと眉を上げ、告げた。

「解決するぞ。この事態を」

第六章　御霊会《ごりょうえ》

急いで支度《したく》を調《ととの》えた俺たちは陰陽寮《おんようりょう》に向かった。土御門《つちみかど》さんに、俺が気づいた真相を伝えるためだ。

「晴厳《せいげん》様はお出かけになっています」

陰陽寮のエントランスで、俺たちに対応した受付はそう言った。

「なら円香《まどか》でも構いません」

「申し訳ありません。中尾《なかお》さんも晴厳様とともに席を外していますので」

「……そうですか」

グッと歯噛《はが》みして、俺は「ありがとうございます」と頭を下げ、踵《きびす》を返す。

「先生？　もういいんですか？」

「ああ。ここにいても仕方がない」

怪訝《けげん》そうに首を傾げる千夜に答え、俺はエントランスを出る。

背後で自動ドアが閉まる。直後、俺は三人に告げた。

「走るぞ」

「「え？」」」

三人が戸惑《とまど》いの声を発する。

返事を待たず、俺は駆けだした。

「ま、待ってください、先生！」

「どこに行くの⁉」

「とにかくついて行こう！」

三人が慌てて俺を追う。

三人には悪いが、ペースを合わせている余裕《よゆう》はない。俺はさらに速度を上げた。

「いい加減、説明してください！　先生はなにに気づいたんですか⁉」

息を上げながら千夜が尋《たず》ねてくる。

急いでいたので三人には真相を伝えていない。だが、この先で待っている事態に対処するには、真相を知っていたほうが都合がいいだろう。

なにより、覚悟を決めてもらわないといけないしな。

決断し、俺は口を開く。

「実は――」

そのとき、前方からこちらに歩いてくる人影《ひとかげ》を見つけた。

凜《りん》だ。

「あれ？　先輩《せんぱい》たち、どうしたんですか？」

走る俺たちに凜が目を丸くする。俺は一旦《いったん》足を止め、凜に訊《き》いた。

「土御門さんに会いに来たんだけど、どこかに出かけてるみたいでな。どうしても伝えないといけないことがあるんだが、どこに行ったか知らないか？」

「晴厳様なら下御霊神社《しもごりょうじんじゃ》に向かいましたよ」

「下御霊神社？」

眉をひそめる俺に、凜が「はい」と頷く。

「中尾さんの霊視《れいし》が発動して、真言立川流《しんごんたちかわりゅう》が下御霊神社を襲撃《しゅうげき》すると予見したんです。ウチたちは真言立川流の捕縛《ほばく》に二度も失敗してるので、今度こそ捕まえるために、晴厳様自ら下見に出向かれたんですよ」

「……そうか」

「よければウチが案内します。ついてきてください」

凜が和《なご》やかな笑《え》みを浮かべ、俺たちを先導しようと歩き出す。

だが、俺は凜のあとを追わなかった。立ち止まったままでいる俺に、三人が首を傾げる。

「先輩？」

凛が振り返り、戸惑った顔を見せた。

俺は深く嘆息《たんそく》する。

そうか……凛、やっぱりお前もか。

「案内はいい」

「けど――」

「土御門さんは下御霊神社にいないだろ？　お前は嘘《うそ》をついてるんだろ？」

凛の顔が強張《こわば》った。

俺は告げる。


「今回の事態。黒幕は陰陽寮なんだろ？」


凛が黙《だま》り込み、三人が「「「え？」」」と呟《つぶや》きを漏《も》らした。

「陰陽寮で保管していた天神《てんじん》の金剛杵《こんごうしょ》を、真言立川流がどうかすめ取ったのか。俺が仕掛けたトラップを、真言立川流がどうかいくぐったのか。ずっとわからなかった」

だが、

「陰陽寮が黒幕だと考えると謎は解ける。天神の金剛杵はかすめ取られたんじゃない。陰陽寮が嘘をついただけだ。そもそも、北野《きたの》天満宮《てんまんぐう》から天神の金剛杵を奪《うば》ったのが陰陽寮だったんだから」

そして、

「俺《おれ》が仕掛けたトラップをかいくぐったのは、凛、お前がトラップの存在を陰陽師《おんみょうじ》たちに教えたからだ」

そう。アグネスが推理したように、陰陽寮は『あらかじめ知っていた』んだ。すべて、自分たちが仕組んだことなのだから。

「真言立川流の復活はねつ造。陰陽寮が自作自演したものなんだろう?」

三人が息をのむ。

凛は答えない。感情がうかがえない表情で、黙って俺の推理を聞いていた。

「陰陽寮には、円香を京都《きょうと》に呼ばないといけない事情があった。だから真言立川流の復活をねつ造したんだ。『霊視を用いて解決に協力してほしい』と、理由をでっちあげるためにな。そして神具を奪い、真言立川流の脅威《きょうい》を印象づけることで、円香を禊《みそ》ぎに専念させたんだ」

襲撃者《しゅうげきしゃ》が犼《こう》を従えていたのは、自分が真言立川流の術者だと俺たちに誤認《ごにん》させるためだ。

狐は真言立川流がよく従えていたらしいからな。

狐は僵尸《きょうし》の最終形態だが、神仏の乗り物でもある。髑髏本尊を使うより何十倍も手間がかかるが、式神として生み出すことは可能だ。

厄神《やくじん》の羯磨《かつま》が奪われた際、術者を追おうとする俺を陰陽師が止めたのは、俺の身を案じたからじゃない。仲間を逃《に》がすためだったんだ。

「円香を京都に呼んだのは、ここでしか――四神相応が適応された場所でしか行えないことをするため。円香を禊ぎに専念させたのは、神仏との感応性を極限まで高めるため」

その目的は――

「御霊会により、円香を神具にすることだ」

御霊会には魔力制御が必須《ひっす》で、四神相応が適応された場所でしか行えない。

神具となる法具は神聖な道具。つまり、神仏との感応性が高くなくては、御霊を封じる依《よ》り代《しろ》にはなれない。

だからこそ、陰陽寮は真言立川流の復活をねつ造したんだ。円香を京都に呼び、禊ぎに専念させ、御霊会に必要な条件を満たすために。

「先生？　神具になったら、中尾円香はどうなるのだろうか？」

アグネスが硬《かた》い声で訊いてきた。

「御霊を封じられて、無事でいられるのだろうか？」

　俺は首を横に振る。

「御霊は災厄を起こすほど強大な存在だ。その力を封じられれば、円香の自我《じが》は失われるだろう」

「そんな……！」

　ショックを受けたのだろう。レイアが顔を真っ青にして口元を覆った。

「……させないわ」

　ギリッと歯を軋《きし》らせる音とともに千夜《ちよ》が呟く。その声は静かだが、ひりつくような憤りが込められていた。

「円香は取り戻《もど》す……犠牲《ぎせい》になんてさせない!!」

　千夜が吠《ほ》える。お嬢様《じょうさま》には似つかわしくない、猛犬《もうけん》の如き憤怒《ふんぬ》の形相。その表情は円香への親愛ゆえだ。

　もちろん俺も千夜と同じ思いだ。

　陰陽寮にどんな事情があろうとも、円香が犠牲になっていいはずがない。

国内最大の魔術《まじゅつ》結社を敵に回そうとも、円香を見捨てていいはずがない。

俺の恋人《こいびと》が、俺たちの仲間が、失われていいはずがない。

取り戻す。奪い返す。許さない！　認めない!!

告げる。

「円香を奪おうとするなら容赦《ようしゃ》はしねぇ。誰《だれ》だろうと叩《たた》き潰《つぶ》す。凛、お前が相手でもな」

俺の怒《いか》りに呼応して、紫色《むらさきいろ》の魔力《まりょく》が立ち上る。

三人も眉《まゆ》をつり上げ、ベルトのポーチに両手を伸《の》ばした。

凛の顔からあらゆる感情が消えた。冷たく無機質な表情で、凛が口を開く。

「先輩なら気づくんじゃないかと思っていました。準備しておいてよかったです」

同時。

『『『『『ノウマク・サンマンダ・バザラダン・カン！』』』』』

幾多《いくた》もの声が、不動明王の力を借りる『一字《いちじ》咒《しゅ》』を唱え、上空から無数の火炎弾《かえんだん》が飛来した。

『十字蛇剣《じゅうじじゃけん》により、我、諸悪を避けん！』

俺は素早《すばや》く反応し、『十字蛇剣の避悪呪法《ひあくじゅほう》』を用いた。

十字架から飛び出した蛇が円を描き、火炎弾の軌道をそらす。火炎弾が炸裂し、地面を舗装《ほそう》していたレンガが砕《くだ》け飛び、爆風《ばくふう》が道の両脇《りょうわき》に並ぶ柳《やなぎ》の木を揺らす。

黒煙《こくえん》が立ちこめ、辺りを覆った。

「そんな！」

不明瞭《ふめいりょう》な視界のなか、聞こえた女の子の声に、俺は瞠目する。

「行かせないよ、先生」

「どうしてあなたたちが……!?」

黒煙が晴れ、レイアと千夜が息をのんだ。

「そんなの決まってるでしょ？」

「……わたしたちが、あなたたちの、敵だから」

そこにいたのは、日向《ひなた》や月乃《つきの》たち——三輪《みわ》魔術学校の生徒たちだった。

愕然《がくぜん》とする俺たちに、日向と月乃が言い放つ。

「三輪魔術学校《あたしたち》は未来の陰陽師。陰陽寮の決定に賛成してるの」

「……だから、邪魔《じゃま》はさせない」

日向と月乃がポーチに手を伸ばし、ほかの生徒も続く。仲良くなった生徒たちが敵に回ったことで、三人はショックを受けているようだった。

茫然自失《ぼうぜんじしつ》としている三人に、俺は約束する。

「心配するな。あの子たちの目は俺が覚ます」

三人が我を取り戻し、俺を見やった。

「生徒を更生《こうせい》させるのも教師の仕事だ。みんなは先に行ってくれるか？　御霊会を行うために、土御門さんは八坂神社《やさかじんじゃ》に向かったはずだ」

「どうして八坂神社なの？」

レイアが疑問するなか、千夜がハッとする。

「八坂神社が祇園祭《ぎおんまつり》を主催《しゆさい》する神社だからよ！」

「祇園祭の起源は御霊会だった。だから、御霊会を行うのに適しているということか」

アグネスが千夜の答えを要約し、レイアが納得《なつとく》の頷きをする。

凜が嘆息した。

「ウチの話を覚えていたなんて……授業でちょっと触《ふ》れただけなんですけどね」

「俺の教え子たちは優秀《ゆうしゆう》なんだよ、凜」

「ええ、とても厄介《やつかい》です。だから、ここで止めます」

凜が目つきを鋭《するど》くし、三輪魔術学校の生徒たちがポーチから霊符《れいふ》を取り出す。

生徒たちが霊符を放つ直前、俺は、ダンッと地面を踏みならした。

『汝を眠りより覚ます！　我《わ》が敵を打ち倒さんために！』

『大地の怨霊《おんりよう》』を行使。

地面から影色《かげいろ》の腕が無数に湧き上がり、生徒たちにつかみかかる。

生徒たちは影色の腕を躱《かわ》すため、左右に飛び退《の》いた。結果できあがるのは、両脇を影色の腕が守る道。俺は生徒たちが道を空けるよう誘導《ゆうどう》したんだ。

「行け！」

「「「はいっ！」」」

三人は駆けだし、俺が作った道を走る。

生徒たちが三人を止めようとするが、影色の腕に阻《はば》まれて上手くいかない。

「先生！　わたしたち、待ってますから！」

「絶対に追いついてね！」

「わたしたちはわたしたちのやるべきことをやる。先生も決して負けないでほしい」

陰陽寮の門を出て行く直前、三人が振り返り俺を激励《げきれい》した。

三輪魔術学校の生徒たちは二〇人以上いる。学生とはいえ、俺ひとりで相手をするのは厳しいだろう。

それでも三人は俺に任せた。俺が勝つと信じたんだ。

だから答える。

「すぐ向かう」

三人が口端を上げて頷いた。

三人はもう振り向かなかった。生徒たちの相手を俺に託《たく》し、走る速度を上げる。

三人が京都の街に消えていき、日向と月乃が不機嫌《ふきげん》そうに眉をひそめた。

「強気だね、先生。あたしたちに勝てると思ってるの？」

「……多勢に無勢。わかってる？」

どうやら、ひとりで自分たちに勝つと宣言され、かんに障《さわ》ったらしい。

俺は不敵に笑った。

「忘れたのか？　禹歩《うほ》の授業で、きみたちは誰ひとりとして俺に敵わなかったんだぞ？」

生徒たちの敵意が膨《ふく》れ上がる。

俺は右手の人差し指をクイクイと曲げた。

「来い。生徒指導の時間だ」

「「言われなくても！」」

俺の挑発《ちょうはつ》にいきり立ち、日向と月乃が地を蹴《け》った。ふたりは禹歩を使い、残像を生むほどの速度で迫《せま》ってくる。

禹歩は北斗《ほくと》七星《しちせい》のかたちにステップを踏むため、目的地の直前で右に迂回《うかい》する。そう知っている俺は、禹歩発動のタイミングを見計らって前に踏み出した。まるで授業の再現の如《ごと》く、日向と月乃の禹歩を躱す。

「躱すのはわかってたよ！」

「……わたしたちは、バカじゃない」

俺を取り逃がした日向と月乃の声には、それでも焦《あせ》りはなかった。

日向と月乃の禹歩を回避《かいひ》した俺に、六人の生徒が迫ってくる。全員が禹歩を用いており、方向もタイミングも別々だ。

これは流石《さすが》に躱しきれないな。

判断。

即決《そっけつ》。

俺はトン、と地面を蹴り、暗剣殺《あんけんさつ》を用いた。

地面に『暗剣殺』の文字が記され、俺が立つ場所を凶《きょう》方位に変える。

凶方位に向かって禹歩を行うことはできない。六人の生徒の禹歩が中断された。

直後。

「「いま！」」

『ノウマク・サンマンダ・バザラダン・カン！』

『九天応元雷声普《きゅうてんおうげんらいせいふ》化《か》天尊《てんそん》！』

『斬妖符《ざんようふ》、急急《きゅうきゅう》 如律令《にょりつりょう》！』

日向と月乃の号令に合わせ、生徒たちが魔術を繰《く》り出した。一字咒の火炎弾が、『雷法《らいほう》』の電撃《でんげき》が、『斬妖符』のカマイタチが、俺に襲《おそ》いかかる。

禹歩を回避できないならば、暗剣殺で封じる——その作戦を生徒たちは読み切り、俺が足を止めたところで一斉攻撃《いっせいこうげき》してきたんだ。

なるほど、上手い。

感心を覚えながら俺は両手をポーチに突《つ》っ込《こ》み、水の入った小瓶《こびん》を八本つかむ。

ポーチから取り出すと同時に宙に放り、呪文《じゅもん》を唱えた。

『呪術《じゅじゅつ》は水を越《こ》えられない！　そうあるように！』

七本の小瓶が弾《はじ》け、溢れ出した水が俺の周りで渦巻《うずま》く。生徒たちの魔術は水の渦《うず》に阻まれ、打ち消されていった。

『呪術師の水』で攻撃を防いだ俺に、生徒たちが嘲《あざけ》るような笑みを向ける。

「大口叩いてたけど防戦一方だね」

「……観念するなら、許してあげる」

日向と月乃が勝ち誇《ほこ》る。

相手側は圧倒的《あっとうてき》な数的優位を得ている。対して俺は、本気で魔術《まじゅつ》を行使できない。いくら敵に回ったとはいえ、教え子たちを傷つけるわけにはいかないからな。

現状は厳しいと言わざるを得ない。しかし、俺が浮《う》かべるのは笑みだった。

「観念なんてしない。この一手で終わらせる」

日向と月乃の嘲笑《ちょうしょう》が消える。

俺はポーチから、半獣半人《はんじゅう》の悪魔《あくま》の姿が彫《ほ》り込まれた水瓶《みずがめ》を取り出し、地面に叩きつけた。水瓶が砕け、破片《はへん》が散るなか、俺は言い放つ。

「タネはわかった。俺の勝ちだ、凜」

唱える。

『我を苦しめし者に復讐《ふくしゅう》を！』

ガルテスの憎呪で生徒たちの魔術をコピー。破片が宙に浮かび、あるものは火炎弾に、あるものは電撃に、あるものはカマイタチに姿を変える。

コピーした魔術を四方に放つ。俺を中心とした十字架《じゅうじか》を描《えが》くように。

それらの魔術が向かう先──四方には色紙《いろがみ》が浮かんでいた。赤・青・黒・白の色紙が、それぞれの方向に一枚ずつ。

凜が息をのむ。

「まさか、気づいて……!?」

「ああ。危《あや》うく騙《だま》されるところだったけどな」

コピーした魔術が色紙に炸裂した。

色紙が弾け――生徒たちが気を失って倒《たお》れる。

俺はふぅ、と息をつき、愕然と立ち尽《つ》くす凜に視線をやる。

「この子たちは敵じゃない。お前の『言霊《ことだま》』で操《あやつ》られていただけだ」

『言霊』は、魔力を乗せた言葉で相手の行動を操る超高等《ちようこうとう》魔術だ。

言霊を成功させるには、対象者と隔絶《かくぜつ》した実力が必要となる。相手が学生とはいえ、凜の実力では言霊を通すのは不可能。

だが、言霊を成功させる方法がひとつだけある。

「お前は、朱雀《すざく》のシンボルである《赤》い紙を南に、青龍《せいりゆう》のシンボルである《青》い紙を東に、玄武《げんぶ》のシンボルである《黒》い紙を北に、白虎《びやつこ》のシンボルである《白》い紙を西に配置し、四神相応《しじんそうおう》を成り立たせたんだ。魔力制御によって言霊を通すために」

四神相応には、相手の魔術の発動を妨害し、自分の魔術の通りをよくする効果がある。

凜は四色の色紙で四神相応を成立させ、魔力制御によって言霊を通したんだ。

先ほど、俺は八本の小瓶で『呪術師の水』を用いようとしたが、反応した小瓶は七本。

一本は不発に終わった。

だが、おかげで気づけた。俺の魔術は妨害されたんだと。四神相応が適応されているんだと。

「生徒たちに俺を襲わせたのは、動揺《どうよう》を促《うなが》して降参させるためだろう。実際、俺はかなり動揺させられたし、本気で戦うこともできなかったしな」

手の内を暴かれた凛が、キュッと唇《くちびる》を引き結ぶ。

「さて。ここで足止めを食ってる場合じゃないんだ。行かせてもらうぞ」

俺が足を踏《ふ》み出すと、凛がビクリと肩《かた》を跳《は》ねさせた。

凛のいるほうへ——陰陽寮の門へ俺は向かう。

凛がグッと拳《こぶし》を握《にぎ》りしめた。

「行かせません！　なにがなんでも、ウチは先輩を止めないといけないんです！」

凛が両手の指を組み合わせ、印形を結ぶ。

『龍虎差来欽天将《りゅうこさらいきんてんしょう》、飛符《ひふ》走印随吾《そういんずいご》行《こう》、披頭散髪程罡起《ひとうさんぱつていこうき》、雷霆黒暗鬼神驚《らいていこくあんきしんきょう》、黄金鎖《おうごんさ》甲神通大《こうじんつうだい》、駆邪殺鬼救万民《くじゃさつききゅうばんみん》、三頭六臂《さんとうろっぴ》真身現《しんしんげん》、拝請壇前欽天将《はいせいだんぜんきんてんしょう》、掄刀舞《ろんとうぶ》剣斬妖精《けんざんようせい》、斬斬勅勅婆婆《ざんざんちょくちょくばば》訶《か》、弟子《ていし》一心専拝請《いっしんせんはいせい》、龍虎二将速降臨《りゅうこにしょうそくこうりん》、神兵火急如律令《しんぺいかきゅうじょりつれい》！』

呪文が唱えられ、凛の背後に陽炎《かげろう》が浮かんだ。

揺《ゆ》らめく陽炎はやがて実体を得て、二体の巨獣《きょじゅう》となる。

一体は、ワニのような頭と蛇《へび》の如き体を持つ幻獣《げんじゅう》。

一体は、鋭い爪《つめ》と牙《きば》を持つ縞柄《しまがら》の猛獣《もうじゅう》。

龍《りゅう》と虎《とら》だ。

凜が用いたのは『龍虎印《りゅうこいん》』。龍と虎の護身獣を喚《よ》び出して従える、道教由来の魔術。

龍が雷鳴《らいめい》のような咆哮《ほうこう》を上げ、虎が地鳴りのような唸《うな》り声《ごえ》を発する。

対し、俺は両手の人差し指と中指に魔《ま》弾《だん》を装填《そうてん》した。両腕《りょううで》をクロスさせ、龍と虎を見据える。

「悪いな、凜」

「無理矢理《むりやり》にでも通してもらう」

クロスさせた両腕《りょううで》を、翼《つばさ》を広げるように振り抜《ぬ》き、魔弾を撃《う》ち出した。

射出された四発の魔弾を迎撃《げいげき》しようと、龍が炎《ほのお》の吐息《ブレス》を放った。熱圧の濁流《だくりゅう》が魔弾を呑《の》み込む。

止まらない。魔弾は吐息を突き破《やぶ》り、龍と虎に迫る。

向かってくる魔弾に、虎が鎌《かま》の如き爪を振り下ろした。鋭利《えいり》な爪が、魔弾を両断しようと斬《き》りかかる。

止まらない。魔弾は虎の爪を砕き、前足もろとも吹《ふ》き飛ばした。

二発目の魔弾が虎の胸を穿《うが》ち、一発目の魔弾がＵターンして虎の頭を爆《は》ぜさせる。

三発目の魔弾が龍の口に飛び込んで、串刺《くしざ》しにするように体内を突き進《すす》み、四発目の魔弾が龍の腹に大穴を開け、胴体《どうたい》を分断する。

一瞬《いっしゅん》の出来事だった。たった一回の攻防《こうぼう》で勝負はついた。

凜は悟《さと》っただろう。どうあっても俺には敵《かな》わないと。

龍と虎が陽炎に戻り、消える。

組んでいた印形を解き、凜がダラリと両腕を下げた。

その顔は青白く、瞳孔《どうこう》は驚愕《きょうがく》に開ききっている。

コツ、コツ、と歩を進め、俺は凜の脇《わき》を通り過ぎた。

「――ダメです」

凜が俺の左腕をつかんだ。その手はブルブルと震え、縋《すが》り付いているようにも見える。

「酷《ひど》いことを言ってるのはわかっています。最低なことを言ってるのはわかっています。罵倒《ばとう》されても文句は言えません。それでも、中尾さんには犠牲になってもらわないといけないんです」

「どんな事情があろうと、円香を犠牲にはさせない」

「お願いです、先輩。諦《あきら》めてください。じゃないと……先輩が殺されちゃう……‼」

俺をつかむ手に、凜が一層の力を込めた。

「なんと言われようと、俺に止まるつもりはない」

「ダメです……行っちゃダメ……行かないで……っ」

「離《はな》せ、凜」

俺は振り返り、凜の肩に手を置いた。凜の体が震える。

俺は告げた。

「俺は死なない。円香も犠牲にさせない。そして、お前も見捨てない」

涙《なみだ》に滲《にじ》んだブラウンの瞳《ひとみ》が見開かれる。

溜息《ためいき》をつき、俺は苦笑した。

「どうせ厄介な事情でも抱《かか》えてるんだろ？　心配するな。全部ひっくるめて俺がなんとかしてやる」

「……なんでそう思うんですか？　ウチは中尾さんを犠牲にしようとしてるんですよ？　こんな最低な女に、どうして優《やさ》しくしてくれるんですか？」

そんなの決まってる。

「親友だからだ。どんな非道を働こうと、やむを得ない事情があると信じ抜く。それが『親友』ってやつだからだ」

凜が言葉を失う。ブラウンの瞳から、水晶《すいしょう》のような涙がこぼれ落ちた。

「離してくれ、凜。誰も失わせない道を俺が作ってやるから。お前のことも助けてやるから。だから、いまは行かせてくれ」

凜を見つめ、優しく諭《さと》す。

凜の瞳が揺れ、手から力が抜け、俺の腕《うで》が放される。

俺は紅葉色《もみじいろ》の髪《かみ》をそっと撫《な》でた。

「必ず戻ってくる。待っててくれ」

俺は駆《か》けだす。

「……すみませんでした、先輩……っ」

凜のすすり泣く声が聞こえた。

全力疾走《しっそう》で京都の街を駆け抜け、俺は八坂神社を目指す。

北門付近まで来ると、陰陽師たちと交戦する三人の姿が見えた。

三人は千夜の式王子《しきおうじ》を中心に攻《せ》めているが、陰陽師たちの守りを崩《くず》せないでいる。

俺は駆ける脚《あし》をそのままに、アスファルトを強く蹴った。

『汝《なんじ》を眠《ねむ》りより覚ます！　我が敵を打ち倒さんために！』

影色の腕が無数に湧《わ》き出てくる。

『大地の怨霊』により生まれた影色の腕が、三人を阻む陰陽師たちにつかみかかった。

突然《とつぜん》の加勢に、三人が振り返る。

「「「先生っ！」」」

「悪い、待たせた！」

顔を輝《かがや》かせる三人に、俺は脚を止めずに言い放った。

「このまま突破《とっぱ》するぞ！」

「「「はいっ！」」」

✡　✡　✡

八坂神社の敷地《しきち》内《ない》に、儀式《ぎしき》場が設けられていました。

周りを注連縄《しめなわ》で囲まれた儀式場では、陰陽師の皆《みな》さんが鈴《すず》を鳴らし、太鼓《たいこ》を叩き、祭壇《さいだん》で土御門さんが祝詞《のりと》を唱えています。
わたしは儀式場の中央に造られた舞台《ぶたい》で、巫女装束《みこしょうぞく》と、喪服《もふく》のように黒い千早《ちはや》をまとって立っていました。
着々と御霊会が進むなか、わたしは振り返ります。
先生と、過ごす日々は……幸せ、でした。
狐憑《きつねつ》きに遭《あ》ったとき、助けてくれて嬉《うれ》しかった。
わたしに告白してくれて、両思いとわかって嬉しかった。
千夜さま、レイアさん、リリス先生と一緒《いっしょ》にデートしてくれて、嬉しかった。
ランジェリーショーは流石に恥《は》ずかしかったですけど……。
わたしのために土御門さんと交渉《こうしょう》してくれて嬉しかった。
清水寺《きよみずでら》で眺《なが》めた景色も、
地主神社《じぬしじんじゃ》でお参りしたことも、
ふたりで食べた湯豆腐《ゆどうふ》も、
祇園《ぎおん》で写真を撮《と》ったことも、
鴨川《かもがわ》の納涼床《のうりょうゆか》でキスしてくれたことも、

通学路でのなにげない会話でさえ、
全部全部、大切な思い出です。

もちろん悔《く》いはあります。一緒に幸せな家庭を築く約束を、果たせないのですから。

土御門さんが祝詞を唱え終わりました。

儀式場の上。わたしの頭上に、燃えさかる炎のように赤い、陽炎が生まれます。

いまからあの陽炎が封《ふう》じられ——わたしの自我は消えます。

けれど、思い出だけは消えません。

「祇園で撮った、あの写真の、なかに……きっと、わたしは、生きています、から」

神具になる覚悟《かくご》はできました。

千夜さまと、レイアさんと、アグネスさんと、リリス先生と、別れる覚悟もできました。

ただ——


「最後に……先生に、会いたかった、な」

儀式場に突風《とっぷう》が吹き荒《あ》れたのは、そのときでした。

突風が注連縄をはためかせ、陰陽師の皆さんが鳴らす鈴を吹き飛ばします。

それだけではありません。
木々をかき分け、銀色の巨人《きょじん》がそびえ立ちました。
『OOOOOOOOOOOOOOOOOOOOHHHH!!』
銀色の巨人は咆哮し、地響《じひび》きを立てながら儀式場に向かってきます。
吹き荒れる突風と、銀色の巨人に、わたしは覚えがありました。
「魔女術《まじょ》『操風魔法《そうふう》』と、いざなぎ流の『御崎敷《みさきしき》』……」
銀色の巨人が拳を振《ふ》りかぶり、土御門さんがいる祭壇目がけて振り下ろします。
「むっ⁉」
土御門さんが飛び退いた直後、巨人の拳が祭壇を木《こ》っ端微塵《ぱみじん》にしました。
玉串《たまぐし》が、御饌《みけ》が、神鏡《しんきょう》が宙を舞《ま》い、わたしの頭上に漂《ただよ》っていた陽炎が霧散《むさん》します。
御霊会が中断されたのです。

「その儀式、邪魔させてもらう」

立ち尽くすわたしの耳に、声が届きました。
いつも聞いていた声。ずっと聞いていたかった声。もう二度と、聞くことはないと思っていた声。

木々のなかから四つの影が現れました。

ひとつは千夜さま。

ひとつはレイアさん。

ひとつはアグネスさん。

そして、ひとつは——

「……先、生」

誰よりも愛している、わたしの恋人のものでした。

✡　✡　✡

「来い、『レリウーリア』！」

突然の妨害《ぼうがい》に陰陽師たちが動揺するなか、俺は契約悪魔《けいやくあくま》の一体を喚び出した。

俺の目前に火の玉が浮かび、音を立てて燃え上がり、炎の翼を持つ、小柄《こがら》な女性の姿になる。

炎を操る悪魔、レリウーリアだ。

レリウーリアが翼をはためかせる。生じたのは風ではなく炎だ。

レリウーリアの炎が波となり、陰陽師《おんみようじ》たちに襲いかかる。陰陽師たちは慌《あわ》てて散開し、炎の波を回避した。

炎の波は注連縄を燃やし、太鼓と鈴を消し炭にし、舞台を焼き尽くす。

同時に俺《おれ》は駆けだした。

「きゃあっ!!」

舞台が焼き崩れ、足場を失った円香が悲鳴を上げる。

俺は炎のなかに突っ込み、タンッ、と跳躍《ちようやく》して円香を抱《だ》き留《と》めた。

着地した俺は、円香をお姫様《ひめさま》抱《だ》っこしたまま、焼き崩れた舞台の先にいる土御門さんを見据《みす》えた。

「円香は返してもらう。俺の教え子は渡《わた》さねぇ」

土御門さんが嘆息する。

「私たちの狙《ねら》いに気づくとはな……」

「まんまと出し抜かれるところだった。なにを企《たくら》んでいるかは知らないが、あなたは俺の大切なひとを奪おうとした」

槍《やり》のように鋭利な眼差《まなざ》しで、俺は土御門さんを睨《にら》み付けた。

「あなたたちは許さねぇ。俺の教え子に手ぇ出した罪は重いぞ」

　土御門さんが俺の視線を真っ向から受け止める。散開した陰陽師たちが体勢を立て直し、身構える。

「ダメ、です！」

　そんななか、円香が声を張った。

「わ、わたしは……神具にならないと、いけないいん、です！」

「…………え？」

　思いも寄らない言葉に俺は目を剥《む》く。頭のなかが一瞬真っ白になった。

　なにを言ってるんだ、円香は？　自我を失ってしまうんだぞ？　それなのに、なぜ神具になりたがるんだ？

　戸惑《とまど》ったのは俺だけじゃない。千夜、レイア、アグネスも呆然《ぼうぜん》としている。

『『『『九天応元雷声普化天尊！』』』』

　その隙《すき》に、陰陽師たちが俺たちに雷法を撃ってきた。俺たちを包囲するように、四方八方から電撃が迫る。

舌打ちして、俺はレリウーリアに指示を出した。

「守れ、レリウーリア！」

レリウーリアが翼をはためかせ、炎の波を生む。炎の波が渦を巻き、電撃から俺たちを守る壁《かべ》となった。

「せ、先生！　やめて、ください！　これ以上、陰陽寮と、敵対しないで、ください！」

「どうして神具になりたがるんだ、円香！　きみが犠牲になる必要なんてないんだ！　そんなこと許されないんだぞ!!」

俺が説得するも、円香は涙目《なみだめ》でふるふると首を横に振る。

本当にどうしたんだよ、円香！

「先生、ここで話していても埒《らち》が明かない」

狼狽《ろうばい》する俺に、アグネスが冷静に指摘《してき》した。

「わたしが陰陽師たちの足止めをする。そのあいだに、先生たちは中尾円香を避難《ひなん》させ、説得してほしい」

「だが、それじゃあ、アグネスに危険が――」

「大丈夫《だいじょうぶ》！　ボクも手伝うから！」

俺が躊躇《ためら》っていると、レイアが勢いよく手を挙げた。スカイブルーの瞳には、凜然《りんぜん》とした決意が宿っている。

「アグネスちゃんをひとりにはしないよ！　ボクも一緒に戦う！　仲間だもん！」

「茅原《ちはら》レイア……」

「それに、先生は必ず戻ってくるでしょ？」

レイアが俺を見上げ、口端《こうたん》を上げた。レイアは信頼《しんらい》してくれているんだ。たとえピンチに陥《おちい》ろうと、俺が駆けつけ助けてくれると。

この場をレイアとアグネスに任せるのは不安だ。だが、レイアが俺を信じてくれたように、俺もふたりを信じている。

だから俺は言った。

「頼《たの》むぞ」

「うん！」

レイアが頷《うなず》き、俺は唱える。

『其《そ》はおののきを知らぬ者！　何人《なんぴと》も傷つけること敵わず、神々すら逃《に》げ惑《まど》う！　驕《おご》り高ぶる者すべてを見下し、レヴィアタンは獣すべての上に君臨する！』

俺の意図を察したレイアが顔を寄せ――俺たちは唇を重ねた。

唾液《だえき》と魔力《まりょく》の混合物をレイアに送《おく》り込む。コクン、とレイアが喉《のど》を鳴らす。

体内の魔力を呼び水に、俺はレイアに魔王の力を降ろした。

「ふ……くぅぅぅうううんんんっ♥」

レイアの制服が霧散し、胸に刻まれた『魔王の紋章《もんしょう》』が輝く。輝きが光の粒子《りゅうし》となり、レイアの姿を変えていった。

いたいけな胸と、女性の秘所を、深海色のビキニが包む。

細くしなやかな四肢《しし》には、ビキニと同じく深海色の、籠手《こて》とブーツが装着された。

透《す》き通る、水色のストールが白肌《しらはだ》を覆《おお》い、水晶の角が一角獣《いっかくじゅう》のように生え、レイアの変容が完了《かんりょう》する。

レイアが、海竜《かいりゅう》の魔王『レヴィアタン』のコスチュームをまとったとき、レリウーリアの炎の壁が破られた。

電撃が再び俺たちを襲う。

「させない！」

アグネスがポーチから小瓶を取り出し、その中身をぶちまけた。

漂うのは白い粉。エクソシズムの媒介《ばいかい》『聖塩《せいえん》』だ。

聖塩が俺たちを取り囲み、白金の明かりを放つ。できあがった白金のドームに阻まれ、雷法が打ち消された。

アグネスが電撃を防いでいるあいだに、レイアはレヴィアタンの魔力を解放させた。青黒い魔力が間欠泉の如く噴《ふ》き出し、レイアの頭上で六つの水球となる。

水球は波音を立てて膨張《ぼうちょう》し、六体のドラゴンに姿を変えた。《蛇の特性》である『不死性』を持つ水竜だ。

六体の水竜が空を旋回《せんかい》するなか、土御門さんが顔つきを険しくする。

「魔王化か」

「レイアの魔王化について知っているのか……流石は国内最大の魔術《まじゅつ》結社。情報網《じょうほうもう》も半端《はんぱ》じゃないな」

どこから仕入れたのかわからないが、俺たちの切り札——魔王化を、土御門さんは把握《はあく》しているようだ。どうやら俺の想像以上に陰陽寮は強大らしい。

土御門さんが陰陽師たちに指示を出した。

「魔王相手に手加減は無用だ。締《し》めてかかれ。でなければ、やられるのは私たちだ」

「「「「「はい！」」」」」

陰陽師たちが霊符を取り出して放ってきた。無数の霊符が、カマイタチや電撃に変化する。

対し、二体の水竜が口を開き、急降下してきた。

カマイタチと電撃が、水竜の顎《あご》にのみ込まれる。

レイアとアグネスが叫《さけ》んだ。

「「行って（ほしい）！」」

「「頼んだぞ（わよ）！」」

俺と千夜は、レイアとアグネスに戦闘《せんとう》を任せ、離脱《りだつ》した。

✡　✡　✡

儀式場から離脱した俺と千夜は、円香をつれて、八坂神社付近にあった地下駐車場《ちゅうしゃじょう》に身を潜《ひそ》めた。

地下駐車場の入り口に、俺は人除《ひとよ》けの呪符《じゅふ》を貼《は》る。これでしばらくは時間稼《かせ》ぎできるだろう。

「よし」と頷いて戻《もど》ると、千夜と円香が言い争っていた。

「お願い、です、千夜さま。諦めて、ください」

「嫌《いや》よ！　あなたが選んだことでも認められないわ！」

「一番、なんです……わたしが、神具に、なるのが」

千夜が必死で説得しているが、円香は首を縦に振らない。このままでは平行線だ。なにもわからないままでは説得できそうにない。円香がなぜ神具になりたがっているのか、知るべきだろう。

話を進めるため、俺は円香に尋《たず》ねた。

「円香。どうしてそんなに神具になりたがるんだ？　せめて理由を聞かせてくれ」

円香が唇を引き結び、眉根《まゆね》を寄せる。

言いづらそうにうつむく円香。俺と千夜は、円香の答えを辛抱強《しんぼうづよ》く待った。

やがて円香が顔を上げ、打ち明ける。

「こ、これから、魔術《まじゅつ》結社同士の、大戦が、はじまるん、です」

「大戦？」と眉《まゆ》をひそめると、「はい」と円香が頷いた。

「せ、世界の、支配権を懸《か》けた、大戦、です」

俺と千夜は瞠目《どうもく》する。

俺と千夜が愕然《がくぜん》とするなか、円香が悲痛そうな表情で続けた。

「大戦の、勝者は、世界を左右する、力を、手に入れるん、です……あ、悪《あ》しき魔術結社が、勝利しては、世界が、混乱に、見舞《みま》われてしまい、ます」

ですから、

「陰陽寮は、大戦の、切り札として、わ、わたしを、神具にしようと、したんです」

俺は顔をしかめた。

にわかには信じがたい話だが、それなら、円香が神具になることを選んだのもわかる。

なぜならば――

「悪しき魔術結社が、世界を、支配したら……は、反乱が起きないよう、有力な、魔術師たちを……あ、殺《あや》める、でしょう」

戦争の常識として、『勝者は敗者からの報復を阻止《そし》する』というものがある。

たとえ戦争に勝利しても、敗者から反撃《はんげき》を食《く》らっては意味がない。だからこそ勝者は、敗者が武力を手にしないよう規制を敷《し》いたり、反撃する意思を起こさせないよう懐柔《かいじゅう》したりするんだ。

円香が危惧《きぐ》しているのは、俺が反乱分子として殺害されること。円香が神具になりたがっているのは、俺を守るためなんだ。

円香が泣きそうな笑《え》みを浮かべる。

「で、ですから、いいん、です。わたしは、神具になる代わりに、レイアさんを、アグネスさんを、リリス先生を、千夜さまを……先生を、守れるん、ですから」

「ダメ!!」

自己犠牲《ぎせい》を望む円香に千夜が抱きついた。絶対に離さないと言うように、円香の背中に両腕を回し、ギュッと抱きしめる。

「円香が犠牲になるなんてダメよ!!　わたしたちが助かっても、あなたがいないと意味がないわ!!」

「どうして……ですか？」

「決まってるでしょ!!」

黒真珠《くろしんじゅ》の瞳から涙をボロボロとこぼし、千夜が縋り付くように叫ぶ。

「あなたが親友だからよ!!」

「千夜……さま」

円香の瞳が揺れる。決意が揺らいでいる。

「け、けれど……わ、わたしが、犠牲にならないと……」

「円香」

狼狽《うろた》える円香を、俺は真っ直《ます》ぐ見つめた。

「ババ抜き大会の優勝景品をここで使う──『命令』だ」

告げる。

「本音を言え。世界を救いたいからとか、俺を守りたいからとか、そんな建前は聞きたくない。俺が聞きたいのは円香の本音だ。きみは本心から犠牲になりたいと思っているのか？」

円香の目が見開かれた。琥珀色《こはくいろ》の瞳が涙で潤《うる》み、桜草のような唇がわななく。

「……そんなわけ……ない、じゃないですか……」

円香の目から涙が溢《あふ》れ出した。

「犠牲になんか、なりたく、ない！　千夜さまと、レイアさんと、リリス先生と、アグネスさんと……先生と！　ずっと、ずっと、一緒にいたい！　先生と、幸せな家庭を、築きたい!!」

「なら側《そば》にいろ！　決して離れるな！　ずっと一緒にいろ！」

千夜に抱きしめられる円香を、俺も抱きしめる。

円香の体が震《ふる》えた。

「魔術結社同士の大戦？　俺が殺される？　上等じゃねぇか！　要は俺が――俺たちが勝てばいいだけの話だろ！」

「わ、わたしたちが、勝てば……？」

「誰《だれ》がこんなクソくだらねぇ争いを考えたのか知らねぇが乗ってやる！　大戦に参戦して勝ち抜いてやる！　俺が勝たせてやる！」

吠《ほ》える。

「世界の支配権なんざに興味はねぇが、大切な恋人《こいびと》が失われるなら話は別だ！　俺たちの幸せを奪《うば》おうとするなら、どこの誰だろうと容赦《ようしゃ》はしねぇ！　俺が勝つ！　俺の恋人たちを、俺たちの幸せな日々を、誰にも奪わせやしねぇ!!」

顔をくしゃくしゃにして涙を流す円香を、俺は見つめた。

「だからここにいろ、円香」

「…………はい……っ」

円香が頷き、俺を抱きしめ返す。

震えながら泣きじゃくる円香を、俺と千夜は抱きしめ続けた。

✡　✡　✡

黒い千早を脱《ぬ》ぎ巫女装束になった円香は、俺と向き合っていた。

千夜は席を外し、地下駐車場の入り口付近で陰陽師たちにバレないか警備している。俺と円香がふたりきりになるよう配慮《はいりょ》してくれたんだ。魔将《デーモン》を喚《よ》ぶことはできないが、魔王の力を降ろすことならば、リリスがここにいなくてもできる。

これから俺は円香とセックスする。セックスして従者にする。

二度と離さない。二度と離れない。その誓《ちか》いとして。

「しかし、地下駐車場じゃムードの欠片《かけら》もないいな」

「い、いえ、先生に、愛していただけるだけで、充分《じゅうぶん》、ですよ」

「そういうわけにはいかない」

遠慮《えんりょ》する円香に、俺は首を振ってみせた。

「せっかくのはじめてなんだ。思い出に残るものにしないとな」

俺はパチンッと指を鳴らす。同時、周りの景色がぐにゃりと歪《ゆが》み、移り変わっていった。

「こ、これ、は？」

「夢と幻惑《げんわく》を司《つかさど》る悪魔《あくま》『クレポト』の力を使った」

歪んでいた周りの景色は、やがてある場所の風景をかたちどる。

円香が呆然と呟《つぶや》いた。

「鴨川の……納涼床」

星屑《ほしくず》が鏤《ちりば》められた夜空。

立ち並ぶ店の明かりを受けて煌《きら》めく水面。

デートの際、俺と円香が最後に訪《おとず》れた場所。ふたりではじめてのキスを交《か》わした場所だ。

「本物じゃないのが申し訳ないけど、せめてこれくらいはさせてくれ」

俺は円香の頬《ほお》に手を添《そ》えながら微笑《ほほえ》みかける。

「ここでキスの続きをしよう」

円香が目を見開き、その頬が紅葉《もみじ》色に染まり——くるっと反転して背中を向けてしまった。

あれ？　思ってた反応と違《ちが》うんだけど？　もしかして俺、拒《こば》まれてる？

戸惑いと不安に見舞われ、俺は頬をひくつかせた。

「ま、円香？」

「すすす、すみま、せん！　えと……い、嫌じゃ、ないんです！　ただ、その……」

円香が顔だけ振り向かせる。

その瞳は涙で潤み、赤らんだ頬は一目でわかるほど緩《ゆる》んでいた。

「う、嬉し、すぎて、ドキドキ、しすぎて……先生の、顔を見たら、し、死んじゃい、そうなんです」

俺の胸が高鳴る。

な、なんてグッとくること言ってくれるんだ！　俺のほうこそ死んじゃいそうだよ！

円香が愛《いと》おしすぎてな！

心臓がギュギューッ！　と締め付けられ、血流が加速する。あまりにも愛らしすぎる円香の反応に、《好色》の血が昂《たか》ぶっていく。

紫色《むらさきいろ》の魔力《まりょく》を溢れさせ、髪を黄金色《おうごんいろ》にしながら、俺は円香を後ろから抱きしめた。

ビクッと震える円香の耳元に口を寄せ、俺は囁《ささや》く。

「頑張《がんば》って、円香。俺もずっと、円香と愛し合いたかったんだから」

「せ、先生……」

「可愛《かわい》いよ、円香。もっと可愛い姿を見せて？　俺に身を委ねて？」

吐息に耳をくすぐられたためか、円香が身震《みぶる》いする。

再び円香が振り返り、熱っぽい目で俺を見つめてきた。

「はい……先生に、わたしのすべてを、捧《ささ》げ、ます」

円香がまぶたを伏《ふ》せ——俺は唇《くちびる》を奪った。

納涼床ディナーでしたような、触《ふ》れ合うキスを一回。唇を離し、クスリと笑い合って、もう一度口づけする。

今度は大人のキスだ。俺は円香の唇を割り開き、舌を入れる。はじめてにも関わらず、円香は臆《おく》することなく従順に俺の舌を受け入れた。

舌を絡《から》めると、円香も合わせるように舌を動かす。宣言通り、円香は俺にすべてを捧げていた。

愛おしさが加速度的に高まっていく。同時に舌の動きも激しくなっていく。上顎《うわあご》、歯の並び、頬、舌の裏側まで、円香の口内を俺は余すことなく愛した。

「んっ……ちゅ……ふぁ……」

円香も同じく俺の口内を隅々《すみずみ》まで味わう。俺を求めて舌を絡める。

互《たが》いに互いを欲《ほっ》し、舌を絡め、唾液をすすり合う。円香の唾液は甘《あま》く、さながらハチミツのようだった。

円香の味を確かめながら、俺は両手を胸の膨《ふく》らみに移動させる。すくい上げるようにつかむと、円香の鼻から「んんっ♥」と喘《あえ》ぎ交じりの息が漏《も》れた。

ディープキスをしたまま、俺は円香の胸を揉《も》みしだく。着痩《きや》せするのか、円香の胸は想像以上にボリューミーで、五指からこぼれそうだった。

「んぁ……ふぅ……くぅんっ♥」

マシュマロのような柔《やわ》らかさ。千夜ともレイアとも違う感触《かんしょく》の胸を、ムニムニ揉んでタポタポと揺《ゆ》らす。

そのたびに、円香がピクン、ピクン、と痙攣《けいれん》した。

それにしても……柔らかすぎないか？

円香の乳房《ちぶさ》は俺の手の動きに合わせて自在にかたちを変える。服の上から触《さわ》っていると
は思えない柔らかさだ。

フワフワぽよぽよな感触を堪能《たんのう》しながら——俺は気づいた。

チュパッと音を立てて唇を離し、トロンとした目で俺を見つめる円香に訊《き》く。

「下着を着けてないね、円香？」

円香の目が見開かれ、顔がますます赤らんだ。図星らしい。

視線を逸《そ》らし、円香がもごもごと囁く。

「そ、その……御霊会に、際し、『この体を差し出す』、という、意思を、表すため、でし
て……」

「……許せないね」

静かな憤《いきどお》りが込《こ》められた俺の呟きに、円香が怯《おび》えたように肩《かた》を跳《は》ねさせる。

円香をギュッと抱きしめながら俺は続けた。

「円香は誰にも渡さない。たとえ相手が御霊であってもだ」

「せんせぇ……」

円香が強張《こわば》っていた体を弛緩《しかん》させる。俺が自分に対して憤っていないとわかったからだろう。

円香がふやけたような笑《え》みを浮《う》かべる。俺がヤキモチを焼いているとわかったからだろう。

夢見るような表情で円香が誓った。

「はい……わたしは、せんせぇの、ものです」

躊躇いなく言い切る円香が愛おしくて仕方がない。溢れんばかりの愛情に突《つ》き動かされ、俺は巫女装束の袷《あわせ》から手を差し入れ、ふたつの果実に直《じか》に触れた。

「ふぁああっ♥！」

円香が甘ったるく鳴く。

しっとりとした膨らみをこね、尖端《せんたん》の蕾《つぼみ》をつまみ、コリコリとしごく。

「ひぁあっ！　んっ！　きゃうぅううぅっ♥！」

ビクンビクンと悶《もだ》えながら、円香が桃色《ももいろ》の息を吐《は》いた。

さらに俺は左手を滑《すべ》らせ、緋袴《ひばかま》のなかに突っ込む。

デルタ地帯の茂《しげ》みをくすぐり、円香を「はぅっ♥」と喘がせて、女の子の一番大切な場所に触れる。そこはすでに大量の蜜《みつ》で濡《ぬ》れそぼり、ジンジンするほどの熱を帯びていた。

俺は中指で円香の秘裂《ひれつ》をなぞる。

「んきゅうっ！　ひぅうううううっ♥！」

円香の膝《ひざ》がガクガクと震え、太ももがビクビクと痙攣した。

ニチャニチャと淫《みだ》らな水音を立てて秘所を愛撫《あいぶ》し、同時に胸を揉み、時折クリクリと尖端を弄《いじ》る。

円香の吐息《といき》が荒《あら》くなり、喘ぎ声がより高く、より甘くなっていった。

堪《たま》らない。愛おしい。もっと円香を感じさせたい。

俺は秘部を指で愛しながら、円香の正面に回り、三度《みたび》口づけた。

たっぷりと舌を絡めたあと唇を離《はな》し、温めたキャラメルみたいに蕩《とろ》けた円香の顔を眺めてから、胸の頂へと顔を近づける。

「あっ……せんせぇ……」

期待と羞恥《しゅうち》が交じったような声。

円香の艶声《つやごえ》にますます愛欲が昂ぶり、俺はサーモンピンクの蕾を口に含《ふく》んだ。

「はひぃいいっ♥！」

円香の体が反る。

俺はミルクみたいな円香の匂《にお》いを胸一杯《むねいっぱい》に嗅《か》ぎながら、蕾を吸い、ジュルジュルとすすった。

「せ、せんせぇ……かわいぃ♥」

母性を刺激《しげき》されたのだろう。円香が俺の頭を優《やさ》しく撫でる。

俺とのあいだに子どもができたら、こんなふうに可愛がるのかな？　嬉しいけど、ちょっと嫉妬《しっと》してしまうね。

独占欲《どくせんよく》とイタズラ心を刺激され、俺は蕾を甘噛《あまが》みする。「ひんっ♥！」と円香の体が跳ね、秘部から愛蜜がトプッと溢れた。

左手は秘所を、唇は蕾を愛している。だが、右手は空いている。

円香のすべてを愛したい俺は、右手を円香の背に回し、尻《しり》たぶをわしづかみにした。

「ふなぁあああああああああああああっ♥♥!?」

途端《とたん》、円香の嬌声《きょうせい》が地下駐車場に反響《はんきょう》した。

反応が明らかに違う。どうやら円香の一番の性感帯は尻のようだ。

なら、そこをたっぷり愛してあげよう。

俺は秘所を愛撫していた左手を滑らせ、同時に右手を緋袴の内側に差し入れ、両の尻たぶをギュッと握《にぎ》った。

「はぅううっ♥！」

「ここが好きなんだろう？　円香」

「は、はい……好き、です♥」

「素直《すなお》に答えられたね。いい子だ」

淫らに頬を緩める円香に微笑みかけ、俺は再び蕾を口に含み、尻をグニグニとこねる。

安産型の尻はわらび餅《もち》のようにネットリした感触だった。

「あうっ♥！　んくぅうう！　ひにゃぁあああああああっ♥‼」

円香の嬌声が高く、甘く、大きくなっていく。限界が近いのだろう。

円香にトドメを刺《さ》すべく、俺は魔力を両手に集中させ、尻を乱暴に握りしめた。

「ひぃっ♥！」

円香の体が硬直《こうちょく》する。同時、俺は蕾を甘噛みした。

「んにゅぅぅううううううううううううううっ♥♥‼」

円香が天国に飛ばされた。悦楽《えつらく》を極《きわ》めた円香は背を弓なりにして、全身を痙攣させる。

ガクガク震えた円香はやがて体を弛緩させ、フラリと俺に身を預けてきた。

ハァハァ♥　と荒い呼吸を繰《く》り返す円香を抱き留め、チュッと額に口づける。

「可愛かったよ、円香」

「う、嬉しい……です」

円香が艶《つや》っぽく潤んだ目で俺を見上げた。その顔に浮かぶのは、快感と幸福に満たされた艶《なま》めかしい笑みだ。

身震いするほどの興奮を覚えながら、俺は緋袴の紐《ひも》を解《ほど》いて脱がせる。

小袖《こそで》と肌襦袢《はだじゅばん》をめくると、蜜を湛《たた》えた円香の花びらが露《あら》わになった。

「ああ……っ♥」と、円香の唇から悦《よろこ》びに満ちた声が漏れ、背筋がブルッとわななく。

俺は円香の背に左腕《ひだりうで》を回して支え、左脚《ひだりあし》を右手で持ち上げた。

俺と円香は見つめ合う。

「愛してる、円香」

「わたしも、愛して、ます♥」

惹《ひ》かれ合うように口づけして――俺と円香の隙間《すきま》がなくなった。

✡　✡　✡

魔王化したボクの魔力を感知して、スマホがけたたましく警報を鳴らしている。

辺りに警報が響《ひび》くなか、陰陽師のひとりが右手の人差し指と中指をピンと伸《の》ばして揃《そろ》え、

『刀印《とういん》』を結ぶ。

その陰陽師は刀印を縦に四回、横に五回振るって『九字《くじ》』を切り、左右の手で複雑な印を結んだ。

『緩くともよもやゆるさず縛《しば》り縄、不動の心あるに限らん！』

呪文《じゅもん》が唱えられると、ボクとアグネスちゃんの足元に、不動明王を表す梵字《ぼんじ》『カンマーン』が浮かぶ。

ボクは目を剥いた。

これはたしか、相手を縛って封《ふう》じる『不動金縛法《ふどうかなしばりほう》』！

梵字から真っ赤な鎖《くさり》が幾本《いくほん》も生じ、ボクとアグネスちゃんの四肢に絡みつく。その隙に、ほかの陰陽師が各々《おのおの》呪文を唱えだした。ボクたちの動きを封じたうえで攻撃《こうげき》し、戦闘不能にさせるつもりだろう。

『聖《セント》レオナルドゥスの御名《みな》により、囚《とら》われし者を解き放たん！』

陰陽師たちが呪文を唱え終わる前に、アグネスちゃんが言霊《ことだま》を唱えた。同時、ボクたちを捕《と》らえていた真っ赤な鎖が粉々に砕《くだ》け散る。

土御門さんがスッと目を細めた。

「拘束《こうそく》の解除。理不尽《りふじん》に収容された囚人《しゅうじん》を解放した、『聖レオナルドゥス』の奇跡《きせき》を再現するエクソシズムか」

「はい。わたしたちは簡単にはやられない」

「ありがとう、アグネスちゃん！　今度はこっちの番だよ！」

自由を取り戻したボクは、左手を高々と掲《かか》げ、水竜たちに指示を出す。

「反撃して！」

ボクが左手を振り下ろすと、空を旋回していた六体の水竜は、陰陽師たち目がけて急降下してきた。

さながら青い流星群。

陰陽師たちをのみ込むべく、水竜たちが顎《あぎと》を開ける。

対し陰陽師たちは、翼《つばさ》を広げた、鳥のようなかたちの印形を結び、声を揃えて呪文を唱えた。

『『『『『オン・ギョロダヤ・ソワカ！』』』』』

ボボッ、と音を立て、無数の火球が宙に浮かび上がる。火球は弾《はじ》け、炎《ほのお》でできた羽毛《うもう》となって散った。

炎の羽毛が夜に舞《ま》う。その光景は、まるで空から降る淡雪《あわゆき》だ。

炎の羽毛は降下してくる水竜たちを取り囲み、それぞれが赤い線で結ばれた。

できあがったのは赤いネット。ネットのなかの水竜たちが、シュウシュウと音を立ててしぼんでいく。

「そんな⁉」

「金翅鳥《こんじちょう》の異名を持つ『迦楼羅天《かるらてん》』の『止雨法《しうほう》』――あらゆる水を打ち消す密教由来の呪術《じゅじゅつ》だ」

言いながら、土御門さんが「ふむ」と顎をさすった。

「きみの水竜は止雨法に耐《た》えている。驚嘆《きょうたん》すべきことだ。魔王の名は伊達《だて》ではないということか」

だが、

「ここまで抑《おさ》えてしまえば充分だ」

土御門さんが低く重く、威厳《いげん》に満ちた声で真言を唱える。

『ノウマク・サラバ・タタギャテイ・ビヤサルバ・モッケイ・ビヤサルバ・タタラタ・センダ・マカロシャナ・ケン・ギャキ・ギャキ・サルバビキナン・ウン・タラタ・カン・マン』

土御門さんの足元から炎が立ち上る。炎は真言が進むにつれて燃えさかり、勢いを増し、ついには天を焦《こ》がさんばかりの火柱となった。

九本ある火柱は意志を持っているかのように蠢《うごめ》き、水竜たちを迎《むか》え撃《う》つ。

紅《あか》い九頭竜《くずりゅう》と、青い水竜たちが激突《げきとつ》する。

決着は一瞬《いっしゅん》。

青は紅《あか》にのみ込まれ、跡形《あとかた》もなく消滅《しょうめつ》した。

あり得ない光景に、ボクは驚愕《きょうがく》を禁じ得ない。

「どうして!? 水竜たちは『不死性』を持っているのに！」

「『不死性』とて万能《ばんのう》ではない。『不死性』を持つギリシア神話の『ヒュドラ』が、英雄《えいゆう》『ヘラクレス』に退治されたようにな。勢いさえ削《そ》いでしまえば、魔王の力といえど、私の『火界咒《かかいしゅ》』には及《およ》ばない」

事もなげに言ってのける土御門さんに戦慄《せんりつ》して、気づかないうちにボクは一歩後退《あとずさ》っていた。

これが国内最強の魔術師！ いままで戦ってきた魔術師たちとは次元が違う！

「それでは仕舞《しま》いとしよう」

呆然とするボクを土御門さんが指さすと、紅い九頭竜が一斉《いっせい》に襲《おそ》いかかってきた。

「くっ！」

迎撃《げいげき》のために再び水竜を生み出そうとしたが、間に合わない。ガパァッと大口を開けた紅い九頭竜が、ボクの目前に迫《せま》る。

先生……っ！

間もなく訪れる敗北に、ボクは目をギュッとつむった。

そのとき、アグネスちゃんの声が響く。

『聖カタリナの御名により、悪しき刑《けい》を逃《のが》れん！』

ゴォッ！ と大気を焼きながら、紅い九頭竜がボクたちをのみ込んだ。しかし、覚悟《かくご》していた痛みも熱さも、いつまで経《た》ってもやってこない。

恐《おそ》る恐る目を開けると、ボクとアグネスちゃんの周りを薄桃色《うすももいろ》の結界が包んでいた。

「これは……」

「アレクサンドリアの聖女『カタリナ』の奇跡を再現した」

両腕《りょううで》を前に向けながら、アグネスちゃんが答える。

「聖カタリナは主《しゅ》を愛し、主に愛されていた。皇帝《こうてい》に弾圧《だんあつ》され、過酷《かこく》な刑に処されようと、主の愛が彼女《かのじょ》を守った。その奇跡を再現する『聖カタリナの庇護《ひご》』は、あらゆる攻撃を阻《はば》む」

「スゴいよ、アグネスちゃん！」

ボクは顔を輝《かがや》かせ――ハッとした。

アグネスちゃんの顔が汗《あせ》まみれになっている。まるで大雨に打たれたみたいだ。

アグネスちゃんは苦しそうに眉を歪め、ゼェゼェと喘息《ぜんそく》みたいに呼吸を荒らげている。

ボクは察した。

ボクの水竜に打ち勝つほどの攻撃を、なんの代償《だいしょう》もなしに防げるはずがない。アグネスちゃんは魔力を振《ふ》り絞《しぼ》り、命を燃やしながら、なんとか結界を維持《いじ》しているんだろう。

それでもアグネスちゃんは結界を解かない。いまにも崩《くず》れ落ちそうになりながらも、歯を食いしばって堪《こら》えている。

「茅原レイア……わたしは、あなたに濡れ衣《ぎぬ》を着せてしまった……酷《ひど》く苦しい思いをさせてしまった……」

だから、

「あなたは絶対に死なせない……それが、わたしの罪滅《つみほろ》ぼしだ！」

叫ぶようなアグネスちゃんの誓いに、ボクは息をのんだ。

『蛇と梟《スネークオウル》』の一件で、ボクは魔術庁幹部を襲った罪を着せられ、アグネスちゃんに監視《かんし》されていた。

メアリさんが真犯人とわかりボクの無実は証明されたけど、アグネスちゃんはボクを疑ったことを悔《く》いているらしい。

多分、ずっと後ろめたかったんだろう。だから、こんなにも必死にボクを守ってくれているんだ。

アグネスちゃんの内心を悟《さと》り——ボクはレヴィアタンの魔力を両手に集めた。

レヴィアタンとの繋《つな》がりに集中し、魔力をくみ上げる。いまのボクに出せる全力で、くみ上げられるだけくみ上げる。

くみ上げた膨大《ぼうだい》な魔力を掲げ、ボクはそれを水に変えた。

深海色の魔力が巨大《きょだい》な水球となり、津波《つなみ》の如《ごと》き音を立てて渦巻《うずま》き、竜のかたちになっていく。

生まれた水竜は、いままでボクが喚《よ》び出してきたどの水竜よりも巨大だった。

ボクは命じる。

「水竜！　火界咒を破って！」

とぐろを巻いていた水竜が鎌首《かまくび》をもたげ、咆哮《ほうこう》するように顎を開けた。

水竜は全身を鞭《むち》のようにしならせ、火界咒の炎に体当たりを見舞う。

紅と青のせめぎ合い。

やはり紅の勢力は強い。青が徐々《じょじょ》に押《お》されていく。

それでも負けない！　負けてやるもんか！

「あぁぁあああああああああああああああああああああああああああっ‼」

咆哮とともに、ボクはありったけの魔力を振り絞り、水竜へと送る。

水竜がさらに巨大化《きょだいか》し、紅を押し返していき――ついに弾《はじ》き飛ばした。

土御門さんが瞠目する。

紅と青の衝突《しょうとつ》の余波で、爆音《ばくおん》と衝撃波《しょうげきは》が生じ、大量の水蒸気が辺りを真っ白に染めた。

流石《さすが》に疲弊《ひへい》したボクは両膝《りょうひざ》に手をつき、荒くなった呼吸を整える。ふぅ、と一息ついて、口を開いた。

「罪滅ぼしなんてしなくていいよ」

「茅原レイア？」

振り返ったアグネスちゃんに、ボクはニッコリ笑いかける。

「だってボクたち、もう友達でしょ？」

アグネスちゃんが目を見開き、眉を八の字にし、唇を震えさせて――クシャリとした笑みを見せた。

「はい！　わたしはあなたの友達だ！」

はじめて感情を露わにしたような笑みだった。

漂《ただよ》っていた水蒸気が夜風に散らされる。

土御門さんは口元を引き締め、厳然とした顔つきでボクたちを見据《みす》えていた。ボクたちが火界咒を破ったことで、警戒《けいかい》レベルを一気に高めたのだろう。

ここからの戦いはより激しさを増す。けれど、ボクに恐怖《きょうふ》はなかった。

頼《たよ》りになる友達がいるからだ。

「もう一踏《ひとふ》ん張りだよ、アグネスちゃん！」

「はい！　決して負けない！」

土御門さんがボクたちに右手を向けた。

来る！

ボクとアグネスちゃんが身構える。

『九天応元雷声普化天尊』

土御門さんが呪文を唱え、雷法の電撃が放たれた。

漆黒《しっこく》の炎が飛来したのはそのときだ。

闇《やみ》を凝縮《ぎょうしゅく》したような黒炎が土御門さんに迫り、放たれた電撃を焼き尽《つ》くす。

電撃が焼き尽くされるというあり得ない光景に「ぬぅっ⁉」と呻《うめ》き、土御門さんが飛び退《の》いた。

漆黒の炎が地面に着弾《ちゃくだん》し、闇色の火柱がそびえ立つ。

ボクはポツリと呟いた。

「『ベリアル』の……滅《ほろ》びの炎」

それは魔王《まおう》の力。ボクの仲間の力。

「悪い。待たせた」

木々の合間から三人の人影《ひとかげ》が現れた。

ボクたちの恩師であり恋人でもあるジョゼフ先生。

競泳水着に似た鮮血《せんけつ》色の衣装《いしょう》に、漆黒のガントレットとブーツ、奈落色のマントに、山羊《やぎ》のそれに似た血染めの角——ベリアルのコスチュームをまとう千夜ちゃん。

そしてもうひとり。

右手に、天翔《あまがけ》る風を象徴《しょうちょう》するような新緑色。左手に、天を裂《さ》く稲妻《いなずま》の如き黄金色《こがねいろ》。左右で色が異なるガントレット。

闇夜の森のような、暗緑色《あんりょくしょく》のビキニとブーツ。半透明《はんとうめい》のパレオ。

昆虫の羽に似た長いスカーフを巻き、頭には王冠《おうかん》のようなティアラ。

ボクと千夜ちゃんと同じ、魔王のコスチュームを身につけた彼女に、ボクは顔をほころばせる。

「そっか……やっと円香ちゃんも、先生と結ばれたんだね」

✡　✡　✡

「ふたりとも大丈夫《だいじょうぶ》だったか？」

駆《か》け寄ると、レイアとアグネスは俺《おれ》に笑みを返す。

「うん！　アグネスちゃんが一緒《いっしょ》に戦ってくれたからね！」

「わたしも茅原レイアに助けられた」

ふたりが顔を見合わせて口元を緩める。いつの間にか親密になったらしい。

対立していたふたりが互いに支え合っている。その光景に俺は胸を打たれた。

よかった……レイアとアグネスは、本当の意味で仲間になれたんだな。

「ただ、これ以上は無理かな」

「わたしも茅原レイアも魔力切れが近い。先生たちの足手まといになる恐れがある」

「そうか……頑張ってくれてありがとう」

申し訳なさそうな顔をするレイアとアグネスを労《ねぎら》い、俺は片手を上げる。

「あとは俺たちに任せてくれ。バトンタッチだ」

千夜と円香も、優しい笑みを浮かべながら片手を上げた。

曇《くも》っていたレイアとアグネスの表情が晴れる。

「うん！」

「任せた」

レイアとアグネスが、俺たちと手を鳴らし合わせた。

「中尾くんに魔王の力を降ろしたか」

土御門さんが苦虫を噛《か》み潰《つぶ》したような顔をする。

「魔王との繋がりがあると御霊会を行うことはできない。気は進まないが、中尾くんと魔王との繋がりを絶つため、グランディエくんには亡《な》くなってもらう」

「「「「なっ⁉」」」」

衝撃的《しょうげきてき》な発言に四人が絶句した。

魔帝《まてい》の後継者《こうけいしゃ》である俺は、魔王の力を降ろした千夜、レイア、円香の主《あるじ》だ。三人と魔王との繋がり。その要《かなめ》は俺になっている。土御門さんの言うとおり、円香と魔王の繋がりを絶つには俺を殺《あや》めるしかない。

それにしても、そこまでやるか……いや、そこまで追い詰《つ》められているのか。

俺は、はぁ、と嘆息《たんそく》し、土御門さんに提案する。

「もうやめにしないか、土御門さん」

「……なに？」

「犠牲《ぎせい》とか殺すとか、そんな物騒《ぶっそう》なことはやめよう。あなたに事情があるのは聞いている。魔術結社同士の大戦に勝たないといけないんだってな」

俺は親指で自分を示した。

「その責務は俺が負う。俺たちが大戦を勝ち抜《ぬ》く。だから、もう矛《ほこ》を収めようぜ？」

「きみたちでは大戦を勝ち抜けるとは思えん。任せることなどできない」

「なら証明する」

土御門さんが怪訝《けげん》そうに眉《まゆ》をひそめる。

傲慢《ごうまん》に、獰猛《どうもう》に、勇ましく、俺は牙《きば》を剥《む》くように笑った。

「国内最強の魔術師であるあなたと、国内最大の魔術結社である陰陽寮を倒《たお》してな」

「……いいだろう」

土御門さんの威圧《いあつ》感が膨れ上がる。

肌《はだ》を痺《しび》れさせるほどのプレッシャーを放ちながら、土御門さんが俺を睨《にら》み付けた。

「身《み》の程《ほど》をわきまえさせてやろう」

火蓋《ひぶた》は切られた。

✡　✡　✡

決戦はふたつに分かれて行われていた。

ひとつは、俺と土御門さん。

もうひとつは、千夜・円香と陰陽師《おんみようじ》たち。

土御門さんと相対している俺は、闇色に染まった右手人差し指を向け、魔弾《まだん》を射出した。

闇よりもなお濃《こ》い黒が、夜を突き進《すす》む。

魔弾は真《ま》っ直《す》ぐ土御門さんに向かい、右肩《みぎかた》を撃ち抜いた。

いや、違う。魔弾が穿《うが》ったのは残像だ。

本物の土御門さんは魔弾が命中する直前、目にも留まらぬスピードで、禹歩《うほ》で左に移動していた。

だが、回避《かいひ》しただけでは魔弾は止まらない。すぐさま軌道《きどう》を曲げ、土御門さんの右斜め後方から襲いかかる。

『九天応元雷声普化天尊』

土御門さんは慌《あわ》てない。雷法を用いて雷《いかずち》を生み出し、右の拳《こぶし》にまとわせた。

拳に宿った雷がバチバチと発砲《はっぽう》に似た音を立て、眩《まばゆ》い光が夜闇を侵《おか》す。

魔弾が迫るなか、土御門さんはグッと拳を握りしめ、長橈側手根伸筋《ちょうとうそくしゅこんしんきん》をメリッと隆起《りゅうき》させて――

「ふんっ!!」

裏拳《うらけん》により魔弾を弾き飛ばした。

「嘘《うそ》だろ!?」

愕然《がくぜん》とした俺は思わず声を上げる。

必殺必中の魔弾を弾き飛ばす!? そんな芸当、可能なのか!? なんて力業《ちからわざ》だ!

頬を引きつらせる俺を見据え、土御門さんが脚《あし》に魔力を集める。

土御門さんの体がブレた。禹歩を用いて俺に突撃《とつげき》してきたんだ。

俺は驚愕を封じ込め、禹歩に対応するため動いた。

禹歩の弱点は把握《はあく》している。タイミングを見計らって前進すれば回避できる。

俺が集中力を研《と》ぎ澄《す》ませていると、高速移動中の土御門さんが右手首を曲げ、鶴《つる》の首のかたちにした。

まさか……っ!

俺は息をのみ、右のポーチに手をやる。

『オン・イダテイタ・モコテイタ・ソワカ』

土御門さんが真言《マントラ》を唱え、俺はポーチから呪符《じゅふ》を取り出した。黒い帽子《ぼうし》を被《かぶ》った、赤い目の男が描《えが》かれた呪符だ。

土御門さんが直進してくる。速度を緩めず、右に迂回することなく。

雷をまとった拳を溜《た》め、土御門さんがストレートパンチを放ってきた。

拳が届く寸前、俺は呪符を土御門さんに突きつける。

『退《しりぞ》けよ、レッド・マスクの邪眼《じゃがん》！』

呪符に描かれた男の、赤い目が輝き——土御門さんが真後ろに吹《ふ》き飛ばされた。

『レッド・マスクの邪眼』は、人除《ひとよ》けの力を凝縮して相手にぶつける黒魔術《くろまじゅつ》。相手を強制的に遠ざける術だ。

土御門さんの奇襲《きしゅう》を凌《しの》ぎ、俺は一息をつく。

危なかった……禹歩から『韋駄天真言《いだてんマントラ》』に切り替《か》えるとはな。

仏法の守護神『韋駄天』は、鬼神《きじん》が仏舎利《ぶつしゃり》（仏陀《ぶつだ》の骨壺《こつつぼ》）を盗《ぬす》んだ際、風の如き速度で追いかけ、取り戻《もど》したとされている。

韋駄天真言は韋駄天の力を借りて高速移動する呪術。禹歩とは異なり、決まったステップのない移動術だ。

土御門さんが禹歩を用いたのは、弱点を突こうと俺が前進したとき、途中《とちゅう》で韋駄天真言に切り替えてカウンターを見舞《みま》うため。

土御門さんは油断を誘《さそ》い、俺は危《あや》うく引っかかってしまうところだったんだ。

流石は国内最強の魔術師。一手誤ればそこでやられる。油断は命取りだ。

吹き飛ばされた土御門さんが両脚《りょうきゃく》をつき、ガリガリと地面を削《けず》りながら速度を殺す。

体勢を立て直しながら土御門さんが唱えた。

『土中《どちゅう》より金は掘《ほ》り起こされる。此即《これすなわ》ち土生金《どしょうごん》の理《ことわり》なり』

土御門さんの前方で地面が隆起し、巨大な刃《やいば》と化して突き出した。

刃の出現は止まらない。一本、二本、四本、八本、一六、三二、六四と続々と生まれ、俺目がけて殺到《さっとう》してくる。

さながら押し寄せる刃の波。

『ある要素がある要素を生み育む』という『五行相生』理論に基《もと》づく呪術。《土行《どぎょう》》が《金行《ごんぎょう》》を生み育む『土生金』だ。

刃の波に対し、俺は地面を踏《ふ》みならした。

『汝《なんじ》を眠《ねむ》りより覚ます！　我《わ》が敵を打ち倒さんために！』

『大地の怨霊《おんりょう》』により影色《かげいろ》の腕《うで》を生み出し、刃の波を止めさせる。

それでも勢いは相手が上だ。止めどなく生えでてくる刃に、影色の腕が押されはじめる。

問題ない。

魔弾を再装填《リロード》し、俺は左手を前に向けた。

五指に魔弾を装填して五点連射《フルバースト》。放たれた五発の魔弾が刃の波に飛び込む。

魔弾が飛び回り、刃を砕いていく。蹂躙《じゅうりん》していく。まるで、見えない巨人《きょじん》が拳を振り回しているかの如く。

破砕《はさい》の音が連続した。刃の破片《はへん》が宙に舞った。

けたたましい騒音《そうおん》が収まると、そこに刃は一本もなく、代わりに大量の金属片《きんぞくへん》が散乱していた。

凌ぎきられるとは思っていなかったのか、土御門さんが眉をひそめる。

やられっぱなしじゃいられない！　今度はこっちの番だ！

「来い、レリウーリア！」

俺はレリウーリアを喚び出した。

レリウーリアが羽ばたき、巻き起こった炎が波となって土御門さんを襲う。

土御門さんは怯《ひる》まなかった。

『ノウマク・サラバ・タタギャテイ・ビヤサルバ・モッケイ・ビヤサルバ・タタラタ・センダ・マカロシャナ・ケン・ギャキ・ギャキ・サルバビキナン・ウン・タラタ・カン・マ

ン』

火界咒が唱えられ、土御門さんの足元から九本の火柱が立ち上る。火柱は九頭龍《くずりゅう》となり、レリウーリアが起こした炎の波を受け止めた。

いや、受け止めただけじゃない。九頭龍は炎の波を押し退けながら、俺を食《く》らおうとジリジリ迫ってくる。

土御門さんが冷たい眼差《まなざ》しを俺に向けた。

「その程度の炎が私に届くとでも思っているのか？」

「思ってない」

槍《やり》のような視線に怯えることなく、続ける。

「この程度なら、な」

声を上げ、俺は呼んだ。

「来い、『アエリア』！」

呼びかけに応じるように、俺の頭上で風が渦巻く。渦巻く風は収縮していき、そのなかから四枚の翼を持つ猛禽《もうきん》が現れた。

風を司《つかさど》る悪魔《あくま》『アエリア』。俺が契約《けいやく》している悪魔の一体だ。

「風を呼べ、アエリア！」

アエリアの四枚の翼に風が宿る。それぞれの翼に宿った風は四つの風球《かざだま》となり、吹き荒《すさ》び——竜巻《たつまき》となって放たれた。

竜巻が九頭龍に押されている炎の波と合流し、混ざり合っていく。炎が竜巻を取り込み、轟々《ごうごう》と音を立てて燃え上がっていく。

竜巻と混じり合った炎はもはや波ではなかった。さながら、北欧《ほくおう》神話に登場する、世界を取り囲む大蛇《だいじゃ》『ヨルムンガンド』だ。

紅《くれない》の世《せ》界蛇《かいじゃ》となった炎が九頭龍に食らいついた。満たされることのない飢《う》えを満たすかのように、世界蛇が九頭龍をのみ込《こ》んでいく。

九頭龍を食らいながら迫ってくる世界蛇に、土御門さんが瞠目《どうもく》した。

ついに九頭龍を食らい尽くした世界蛇が、土御門さんに牙を剥く。

「く……っ」

堪らずといった様子で土御門さんが禹歩を発動させ、世界蛇の顎《あぎと》から逃れる。

世界蛇は進路上のすべてをのみ込み、消し炭と変え、巨大な溝《みぞ》を大地に刻んだ。

間一髪《かんいっぱつ》、土御門さんは世界蛇から逃れたが、身にまとう着物の左袖は焼け焦げていた。

「……なぜ私と渡《わた》り合える」

威厳に満ちた声色《こわいろ》のなかに、たしかな戸《と》惑《まど》いを交ぜながら、土御門さんが疑問を口にする。

「二体の悪魔《あくま》が力を合わせたところで私の火界咒は押し返せん。そもそも、きみの実力では土生金の刃すら防げなかったはずだ。一体、どのような手を使った？」

土御門さんの見立ては正しい。魔帝の後継者といえど、まだ俺は成長段階。国内最強にはわずかに及ばない。

いや、及ばなかった。

俺は三人目の従者を得たことで魔帝に近づき、円香とのセックスにより魔力が高まっている。いまの俺ならば、土御門さんに届くんだ。

俺はニッと口端《こうたん》を上げ、答えた。

「《愛》の力だよ」

✡　✡　✡

『『『『『ノウマク・サンマンダ・バサラダン・センダンマカロシャダ・ソワタヤ・ウンタラタ・カン・マン！』』』』』

わたしと円香に手を向けながら、陰陽師たちが慈救咒《じくしゅ》を唱える。陰陽師たちの手に炎が宿り、わたしたち目がけて放たれた。

放たれた炎は混ざり合い、放射状に広がりながら、わたしたちを仕留めようと迫る。その様は、つかみかかろうとする巨大な手に似ていた。

慈救咒の炎が襲いくるなか、わたしは血ヘドのように赤黒いベリアルの魔力を両手に集め、滅びの炎に変える。

「はあぁああああああっ!!」

気合一声。

叫《さけ》び声《ごえ》とともに両腕を振り抜き、滅びの炎を撃ち出す。

《滅び》の概念《がいねん》が込められた黒炎は、慈救咒の炎と同じく放射状に広がり――赤炎《せきえん》と黒炎ががっぷり四つに組んだ。

六倍以上はありそうな赤炎に、それでも黒炎は一歩も退《ひ》かず、牙を剥き、食らいつき、引きちぎる。

赤炎も負けじと黒炎に牙を立て――赤炎と黒炎が相殺《そうさい》された。

せめぎ合っていた熱圧が衝撃波となって大気を震撼《しんかん》させる。雷鳴《らいめい》の如き爆音が轟《とどろ》き、突《とっ》風《ぷう》が木々の葉を散らした。

マントと髪《かみ》がはためくなか、わたしは振り返る。

わたしの後ろにいる円香は両手を合わせ、曙光《しょこう》の如き橙色《だいだいいろ》の魔力を集中させていた。

「いま！」

「はい！」

円香が両手を開くと、橙色の魔力は紫電《しでん》に変換《へんかん》される。バチバチと火花が散るような音を連続させる紫電は、雷法の雷よりも遙《はる》かに荒ぶっていた。

円香を選んだ魔王は『ベルゼブブ』。数多《あまた》の悪魔を支配下に置く、『蠅《はえ》の王』と呼ばれる魔王だ。

ベルゼブブは同時に『バアル・ゼブル』の異名を持つ。これは『高い館の王』を意味しており、古代メソポタミアの天候神『バアル』を指しているとされる。

ベルゼブブは、『分霊《ぶんれい》』によって地獄《じごく》界に送られたバアルの分身が、魔王となった姿なのだ。

バアルが天候神であるため、ベルゼブブは雷を操《あやつ》れる。

円香は両手を掲げ、ボールを放り投げる動作でベルゼブブの雷を放った。

紫電が無数のかぎ爪《づめ》となり陰陽師たちに襲いかかる。爪を立て、掻《か》きむしらんと陰陽師たちに迫る。

陰陽師たちは慌てない。

懐《ふところ》から四枚の霊符《れいふ》を取り出し、前後左右に放《ほう》った。

『『『『東方に阿伽多《あかた》！　南方に刹帝魯《せつていろ》！　西方に須多光《しゆたこう》！　北方に蘇陀摩尼《そたまに》！』』』』

陰陽師たちが呪文を唱えると、放られた霊符が黄色く光り、陰陽師たちを囲むような方形の結界を展開する。

展開された結界に、紫電が爪を立てた。紫電は結界を引っ掻くように暴れ回り、バリバリと木々を裂くのに似た騒音を発した。

だが、結界は破れない。

「雷を打ち消す『雷除《かみなりよ》けの禁厭呪詛《きんえんじゆそ》』です。魔王の力は強大ですが、我々全員が力を合わせればどうにかなるようですね」

ベルゼブブの雷はやがて勢いを失い、結界とともに消失する。

陰陽師たちが安堵《あんど》の息をつき、わたしと円香は「「く……っ」」と歯噛《はが》みした。

わたしたちの攻撃を凌いだ陰陽師たちは、再び攻勢《こうせい》に出る。

『『『オン・マリシエイ・ソワカ、オン・アビテヤマリシ・ソワカ』』』

三分の一ほどの陰陽師が印形を結び、真言を唱えた。隠形法《おんぎょう》により、陰陽師たちの姿が薄《うす》れ、消えていく。

『『『『ノウマク・サラバ・タタギャテイ・ビヤサルバ・モッケイ・ビヤサルバ・タタラタ・センダ・マカロシャナ・ケン・ギャキ・ギャキ・サルバビキナン・ウン・タラタ・カン・

マン！』』』

残りの陰陽師が唱えるのは火界咒だった。

陰陽師たちの足元から炎が燃え立ち、紅蓮《ぐれん》の火柱となる。土御門さんの火界咒には遠く及ばないが、それでも充分《じゅうぶん》な脅威《きょうい》だ。

火界咒の火柱が蟒蛇《うわばみ》のように鎌首をもたげ、わたしと円香を睥睨《へいげい》し、大口を開いて襲いかかってきた。

紅い蟒蛇が迫るなか、わたしは冷静に思考する。

わたしたちを攻撃するなら火界咒だけでいい。それなのに、何名かの陰陽師は隠形法を用いた。あの行動が意味するのは――

「――摩利支天神鞭法《まりしてんじんべんほう》ね」

ここに来る前に、わたしたちは先生から、陰陽師たちの手の内をいくつか教えてもらっている。その際、摩利支天神鞭法には注意するよう念を押されていた。

摩利支天神鞭法は見えない攻撃。凌ぐのは至難の業《わざ》だと。

おそらく陰陽師たちは、火界咒に意識を誘導《ゆうどう》させ、その隙《すき》に摩利支天神鞭法でわたしたちを仕留める算段なのだろう。もし摩利支天神鞭法を防がれても、火界咒で倒せるという二段構えだ。

けど、狙《ねら》いがわかれば対処は容易だわ！

わたしは再び滅びの炎《ほのお》を両手に灯《とも》し、体を捻《ひね》って回転しながら放った。

放たれた黒炎は竜巻の如く旋回《せんかい》し、わたしと円香を中心とした渦《うず》になる。これならば攻《こう》撃《げき》が見えても見えなくても関係ないし、摩利支天神鞭法も火界咒も同時に防げる。

紅い蟒蛇を黒炎の渦がかき消した。見えない攻撃も襲ってくる気配がない。わたしたちは対処に成功したのだ。

次はこちらの番よ！

わたしは黒炎の渦を解《ほど》き、無数の鞭を作った。

右手を掲《かか》げ、振り下ろし、黒炎の鞭を陰陽師たちに叩《たた》きつける。

対し、陰陽師たちが刀印を結んだ。

『『『『臨兵闘者皆陳列在前《りんぴょうとうしゃかいちんれつざいぜん》！』』』』

刀印で九字を切りながら陰陽師たちが唱え、続いて六芒星《ろくぼうせい》を描く。

『『『『天元行躰神變神通力《てんげんぎょうたいじんへんじんつうりき》！』』』』

ふたつ目の呪文《じゅもん》が唱えられると、陰陽師たちの九字と六芒星が組み合わさり、青白く光った。

黒炎の鞭が青白い紋様《もんよう》を打ち据《す》え、しかし、防がれる。陰陽師たちは九字を用いて盾《たて》を作ったようだ。

本来、ベリアルの炎はあの程度の盾では防げないが、魔王の力の強大さを知っているがゆえに、わたしたちは手加減を余儀《よぎ》なくされていた。

やろうと思えば一瞬で勝負はつけられるけど、陰陽師たちを殺める危険性がある。だから、わたしたちは全力を出せない。

陰陽師たちは悪党じゃない。円香を犠牲にしようとしたのは、平和を守るため仕方なく行《おこな》ったもの。だから、酷くもどかしいが、殺めるわけにはいかないのだ。

わたしが唇《くちびる》を噛んでいると、ひとりの女性陰陽師が息をついた。

「あなたたちは手加減してくれているのでしょう。わたしたちを気遣《きづか》ってくれているのでしょう。わかったうえで、あなたたちの優《やさ》しさにつけ込ませてもらいます」

陰陽師たちが竹筒《たけづつ》を取り出し、栓《せん》を抜いて中身を撒《ま》いた。撒かれたのは透明《とうめい》な液体。おそらくは水だ。

水を撒いた陰陽師たちは、印形を結んで真言を唱える。

『『『『タニヤタ・ウタカダイバナ・エンケイエンケイ・ソワカ！』』』』

撒かれた水が四方に集まり、円球を形成する。

円球になった水は天空へと上昇《じょうしょう》し――わたしたちの頭上で雨雲になった。

わたしは瞠目する。

『水天龍王秘密修法《すいてんりゆうおうひみつしゆほう》』！　雨の弾丸《だんがん》を降らせる大技《おおわざ》！

わたしたちが全力で戦えないと悟り、陰陽師たちは大技で勝負をつけにきたようだ。

わたしは両手に黒炎を生み出し、陰陽師たちに放とうとした。

しかし——

『緩《ゆる》くともよもやゆるさず縛《しば》り縄、不動の心あるに限らん！』

陰陽師のひとりが不動金縛法《ふどうかなしばりほう》を用いてわたしの手足を縛り、黒炎の発射を阻止《そし》する。

束縛《そくばく》から逃れようともがくわたしに、女性陰陽師が悲しげな目を向けた。

「恨《うら》んでいただいて構いません。ですが、いまは眠っていてください」

雨雲から大量の雨が降ってきた。そのすべてが弾丸だ。まともに食らえば、魔王化しているわたしたちといえど、ただでは済まない。少なくとも気絶は免《まぬが》れないだろう。

窮地《きゆうち》に陥《おちい》り——それでもわたしは笑った。

不敵な笑《え》みを浮《う》かべるわたしに、女性陰陽師が眉をひそめる。

「……なぜ笑えるのですか？　あなたたちは敗北するというのに」

「簡単よ」

わたしは短く答えた。

「わたしたちの勝ちだからよ」

同時、円香が空を見据える。

「わたしに、従って、ください！」

水の弾丸がわたしたちの寸前まで迫《せま》り——ピタリと制止した。

「「「「……………は？」」」」

陰陽師たちが揃《そろ》って呆然《ぼうぜん》とする。

「あなたたちは見誤っていたの。わたしたちが全力を出さない理由を」

陰陽師たちが悪党ではないから、陰陽師たちを殺めてはいけないから、わたしたちは手加減していた。

けど、それだけではなかった。わたしたちが手加減していた理由は、もうひとつあるのだ。

それは——

「わたしたちの手の内を隠《かく》すため。円香の真の力に気づかせないためよ」

ベルゼブブは天候神バアルの分霊が魔王化したもの。その力が、雷を操るだけであるはずがない。

ベルゼブブが操るのは『天候』。光も雷も風も雪も嵐《あらし》も——もちろん雨も、すべてベルゼブブの支配下だ。

「手加減したままではあなたたちに勝てない。けれど、わたしたちはどうしても勝たないといけない。だから、あなたたちの呪術《じゅじゅつ》を利用させてもらったの」

全力では強すぎ、手加減しては弱すぎる。魔王の力では陰陽師たちを倒せない。しかし、陰陽師たちの攻撃は、意識を刈《か》り取れど殺めはしない。ちょうどいい威力《いりょく》なのだ。

「あ、あなたたちは……はじめからこの状況《じょうきょう》を狙って……!?」

「ええ。上手《うま》くいってよかったわ」

女性陰陽師が唇をわななかせるなか、円香が陰陽師たちを指さした。

「あなたたちの、苦悩《くのう》は、わかっています……あとは、わたしたちに、任せて、ください！」

宙に留《とど》まっていた水の弾丸が、一斉《いっせい》に陰陽師たちに襲《おそ》いかかる。

大技を放った直後で上手く魔力を練られない陰陽師たちは、水の弾丸を食らうほかになかった。

為《な》す術《すべ》なく陰陽師たちが吹き飛び、地面に倒れて気を失う。

縛っていた赤い鎖《くさり》が砕《くだ》け散り、自由を取り戻したわたしは、ふぅ、と息をついて振《ふ》り返った。

「ありがとう、円香」

「い、いえ、こちらこそ、守っていただいて、ありがとう、ございます」

円香とわたしは笑い合い、倒れ伏《ふ》した陰陽師たちに視線を移す。

──恨んでいただいて構いません。ですが、いまは眠っていてください。

そう口にした女性陰陽師は、勝利目前にもかかわらず悲しげな目をしていた。彼女《かのじょ》たちは、本心からわたしたちと争いたいわけではないのだ。

わたしたちは改めて気を引き締《し》める。陰陽寮と土御門さんに勝利することが、彼女たちを救うことに繋《つな》がると思うから。

「先生と合流しましょう」

「は、はい！」

わたしと円香は踵《きびす》を返し、先生のもとへと向かった。

✡　✡　✡

右手の人差し指・中指・薬指に魔弾を装填し、三点連射《バースト》で撃《う》ち放つ。

『天切《てんきる》、地切《つちきる》、八方切《はっぽうきる》、天《あめ》に八違《やちがい》、地《つち》に十文字《とおのふみ》、秘音《ひおん》、一も十々《じゅうじゅう》、二も十々、三も十々、四《し》も十々、五も十々、六も十々、ふっ切って放つ、さんびらり』

対し、土御門さんは霊的攻撃《れいてきこうげき》を打ち消す『辟魔《へきま》の秘言《ひげん》』で対抗《たいこう》する。

三発の魔弾を青白い光が包《つつ》み込み、眩い光とともに消滅《しょうめつ》させた。

俺も土御門さんもひとつもケガを負ってない。一撃《いちげき》も与《あた》えられていない。完全なる互角《ごかく》だ。なかなか勝負がつかないことに苛立《いらだ》っているのか、土御門さんの眉間《みけん》には深い縦皺《たてじわ》が刻まれていた。

土御門さんが懐から霊符を取り出して放る。放られた霊符は空中で鳳《おおとり》に変容した。陰陽《おんみょう》道《どう》を代表する術『式神《しきがみ》』。

鳳の式神が俺に襲いかかってきた。対処するべく、俺はポーチに手を突《つ》っ込んで呪物《じゅぶつ》をつかむ。

だが、その必要はなかった。黒炎が飛来し、鳳をまとめて焼き尽くしたからだ。

俺は目を見開く。

滅びの炎！　これが俺をフォローしたってことは……。

滅びの炎に続き、夜の黒を眩く侵し、雷が天から降ってくる。

『東方に阿伽多、南方に刹帝魯、西方に須多光、北方に蘇陀摩尼』

即座《そくざ》に土御門さんは霊符を四方に放り、『雷除《かみなりよ》けの禁厭呪詛』を用いた。展開された結界が雷を弾《はじ》く。

奇襲を防ぎ、それでも土御門さんの表情は険しかった。

「私の部下を倒すとはな……」

苦々しく呟《つぶや》く、土御門さんの視線の先には、こちらに走ってくる千夜と円香の姿がある。

ふたりは陰陽師たちに打ち勝ったんだ。

「先生！　陰陽師たちは無事倒せました！」

「わ、わたしたちも、加勢、します！」

「助かる！　ふたりとも、よく頑張《がんば》ってくれた！」

破顔してふたりを迎《むか》え、俺《おれ》は土御門さんに言い放つ。

「形勢逆転ですね」

土御門さんが押し黙《お》《だま》る。一瞬《いっしゅん》前までの激しい戦闘《せんとう》が嘘のように、辺りが静寂《せいじゃく》に包まれた。

俺たちは土御門さんを追い詰めた。しかし、微塵《みじん》も気は緩められない。未《いま》だに土御門さんから、押しつぶされるほどのプレッシャーを感じるからだ。

戦況《せんきょう》は圧倒的《あっとうてき》に俺たちが優位。心が折れても無理ない状況。にもかかわらず、土御門さんの放つ威圧感は膨《ふく》れるばかり。

だとしたら――

土御門さんは、まだ手を隠し持っているのか？

「仕方あるまい」

俺たちが警戒《けいかい》するなか、長い長い溜息《ためいき》とともに土御門さんが沈黙《ちんもく》を破る。

「この手だけは使いたくなかったのだがな」

土御門さんがパンッと柏手《かしわで》を打ち、俺たちは身構えた。

土御門さんの頭上に、燃えさかる炎のように赤い、陽炎《かげろう》が生まれる。御霊会の最後に現れた陽炎。円香に封《ふう》じられる予定だったものだ。

御霊会は未遂《みすい》に終わっている。怨霊を御霊《ごりょう》に変えることはできなかった。

なのになぜ、土御門さんはあの陽炎を喚《よ》び出せる？

俺が訝《いぶか》しむなか、陽炎が実体を得ていく。

見上げるほどの体躯《たいく》は人型。性別は男性。

上半身は裸《はだか》。下半身にはズボンと腰帯《こしおび》。履《は》き物《もの》はサンダル。

そして、背中に生えた炎の翼。

俺は目を剥いた。

土御門さんが喚び出したのは御霊じゃない。

天使だ。

『GYYYYYGOOAAAAAAAAAAAAAAAAAAHHHH!!』

現れた天使が雷鳴の如《ごと》き咆哮《ほうこう》を上げる。

天使の名は『サンダルフォン』。天界の大将軍『ミカエル』と同じく、神の敵対者と絶え間ない争いを繰《く》り広《ひろ》げる、天使軍団の長《おさ》だ。その全身からは炎が迸《ほとばし》り、一声が万の雷《かみなり》に変わると言われている。

突如《とつじょ》出現した天使に愕然としながら、俺は頭の片隅《かたすみ》で思い出していた。

『蛇と梟《スネークオウル》』が魔《ま》女《じょ》学を襲撃《しゅうげき》した際にも天使は現れた。メアリたちは夜を司る天使『オファニエル』を従えていた。本来、魔女が天使を使役《しえき》することなどできないはずなのに。

陰陽寮も同じく天使を喚び出した。これは偶然《ぐうぜん》なのか？

俺、千夜、円香が驚愕《きょうがく》のあまり佇《たたず》むなか、土御門さんが火界咒を唱える。

『ノウマク・サラバ・タタギャテイ・ビヤサルバ・モッケイ・ビヤサルバ・タタラタ・センダ・マカロシャナ・ケン・ギャキ・ギャキ・サルバビキナン・ウン・タラタ・カン・マン』

九本の火柱が立ち上り――そこにサンダルフォンが溶《と》け込んでいった。

「なにを……している!?」

「陰陽寮に伝わる秘奥《ひおう》中の秘奥『習合術《しゅうごうじゅつ》』。性質・能力が似通った、霊的《れいてき》生命体の力を一体化させ、より強大な力を生み出す術だ」

サンダルフォンと一体化した火柱が膨れ上がる。

「火界咒は不動明王の真言。そして不動明王は、炎の化身《けしん》にして悪を調伏《ちょうぶく》する武神。非常に似通った性質を持つため、サンダルフォンとの習合術が成立する」

膨れ上がった火柱は何本にも分かれた。一本一本から元の火柱と同等の熱圧を感じる。

紅《あか》い九頭竜《くずりゅう》は、紅蓮の多頭竜に姿を変えていた。

「サンダルフォンの力は私にすら手に負えん。周囲を巻き込んでしまうが――そうも言ってられん状況なのでな」

その発言から、土御門さんが御霊会を行った真意を俺は察した。

御霊会は怨霊を御霊に変える儀式《ぎしき》。いわば、まつろわぬ者をまつろわせる術《すべ》。土御門さんはサンダルフォンの力を制御《せいぎょ》し、自由に扱《あつか》えるようにしたかったんだ。

神具化した円香を大戦の切り札にするつもりだったらしいが……たしかに、これほどの火力を生み出すサンダルフォンを制御できれば、これ以上ない戦力になるだろうな。

紅蓮の多頭竜が俺たちを睥睨するように頭を向ける。俺たちの頬《ほお》を冷《ひ》や汗《あせ》が伝う。

土御門さんが俺たちを指で示した。

「私の部下たちを巻き込まないうちに終わらせよう」

紅蓮の多頭竜が襲いかかってきた。

「終わりになんてさせないわ！」

大気を焦《こ》がしながら迫ってくる多頭竜を、千夜が滅《ほろ》びの炎で迎撃《げいげき》する。黒炎が紅い竜を五体消し飛ばした。

しかし、焼け石に水。消し飛んだ紅い竜の後ろから、さらに八体の竜が現れる。

千夜が唖然《あぜん》とした。

「対処しきれない！　なんて物量なの⁉」

俺たちの動揺《どうよう》を無視して、紅い竜は無情にも牙を剥く。

やられてたまるか！　千夜と円香は傷つけさせねぇ‼

『十字蛇剣《じゃけん》により、我、諸悪を避けん！』

蛇の絵が描《か》き込まれた、小さな十字架《じゅうじか》を放り、俺は『十字蛇剣の避悪呪法《じゅほう》』を用いた。

蛇が十字架を中心とした円を描き、紅い竜を逸《そ》らす盾となる。

だが、紅い竜の勢いは俺の想像を超《こ》えていた。

逸れるはずの軌道が逸れない。八体の紅い竜は、十字蛇剣の盾を突き破《やぶ》ろうとしている。

「ぐ……っ‼」

破らせるわけにはいかない。

俺は魔力を振り絞《しぼ》り盾に注《そそ》ぎ込んだ。

紅い竜が距離《きょり》を詰《つ》めてくる。迸る熱が肌《はだ》を炙《あぶ》り、汗腺《かんせん》から汗が噴《ふ》き出す。

それでも負けるわけにはいかねぇんだよ!! 俺の背には大切な恋人《こいびと》たちがいるんだからな!!

「おぉぉおおおおおおおおおおおおおおおおおおおおおおおおおおおっ!!」

咆哮し、魔力を振り絞り、捻りだし、注《つ》ぎ込み――紅い竜の軌道が逸れ、俺たちの周囲を焼き焦がした。

地面と木々が等しく消し炭となる。焦げ臭《くさ》い黒煙《こくえん》が漂《ただよ》う。

紅い竜の突進《とっしん》を耐《た》えた俺は、片膝《かたひざ》をついて肩《かた》で息をする。俺の全身は汗でびしょびしょになっていた。

「先生!」

「ご無事、ですか!?」

「ああ……これくらい、なんともない」

強がりだ。

本当はいまにも倒《たお》れそうだ。土御門さんに敵《かな》う気がしない。強化された火界咒に対抗する術《すべ》が、思いつかない。

それでも俺は強がりを通す。千夜と円香に笑みを向けてみせる。

ここで俺が折れたら、すべてを失ってしまうからだ。

死なせるわけにはいかねぇんだよ。俺はこの子たちを守ると決めたんだから。

死ぬわけにはいかねぇんだよ。俺には帰りを待っているひとがいるんだから。

だから勝つ。

なんとしても勝つ。

どんな手を使ってでも、勝つ。

守るんだろ？　帰るんだろ？　約束しただろ？　誓《ちか》っただろ？

考えろ！　ひねり出せ！　決して諦《あきら》めるな！

打つ手がないなら作り出せ、ジョゼフ・グランディエ！　俺たちの日常を取り戻すんだろうが‼

頭を回す。思考を働かせる。知恵熱《ちえねつ》に負けず考える。

脳が焼き切れるほど考え尽《つ》くし――閃《ひらめ》いた。

「円香！　一〇秒でいい！　耐えてくれ！」

「は、はい！」

円香が両手を前に向け、曙色《あけぼのいろ》の魔力をもって膨大《ぼうだい》な水球を生み出し、再び襲いかかってきた紅い竜目がけて撃ち放つ。

円香が紅い竜を迎撃しているあいだに、俺は千夜を見つめた。

「きみの力を貸してくれ！」

「もちろんです！」

ろくに説明もしない俺に、千夜が迷いなく頷《うなず》く。心から俺を信頼《しんらい》してくれている千夜に、自然、笑みが浮かんだ。

俺は右手を伸《の》ばし、千夜の胸に刻まれた『魔王《まおう》の紋章《もんしょう》』に触《ふ》れた。

まぶたを伏《ふ》せ、ふー……、と長く息を吐《は》いて精神統一。千夜がまとうベリアルの魔力に集中する。

紫色《むらさきいろ》の魔力を立ち上らせ、髪を黄金色《おうごんいろ》に染めながら——

「——行くぞ!!」

カッと目を開き、俺はベリアルの力を取り込んだ。

途端《とたん》に襲いかかる、鈍器《どんき》で殴《なぐ》られるような頭痛。全身の神経をヤスリで削られるような激痛。

血液が沸騰《ふっとう》していると錯覚《さっかく》するほどの熱と、細胞《さいぼう》が凍《こお》り付いていると誤認《ごにん》するほどの悪《お》寒《かん》が俺を苛《さいな》む。

「魔王の力を取り込むつもりか……無謀《むぼう》なことをする。自殺行為《こうい》だ」

土御門さんが冷たく言い放った。

土御門さんの言うことはもっともだ。魔王の力はひとの手に余るものじゃない。事実、ハク・リーヤンとの戦闘時、千夜が暴走した際、俺はベリアルの魔力を制御するだけでも精一杯《せいいっぱい》だった。

取り込むとなれば、その難しさは制御の比ではない。神経が破壊《はかい》され、絶命してもおかしくない。

それでも俺は歯を食いしばり、激痛と闘《たたか》う。

無謀？　自殺行為？　だからなんだって言うんだ？　そんなことで俺が諦めると思ってんのか？

無理だろうがなんだろうがやってやるよ！　千夜が俺を信じて見つめてくれているんだからな!!

俺は魔帝《まてい》の後継者《こうけいしゃ》！　この程度の試練を乗り越《こ》えられねぇで、恋人たちを守れるかよ!!

ベリアルの魔力を握《にぎ》りしめ、無理矢理《むりやり》たぐり寄せ、叫ぶ。

「来い、ベリアル!!」

千夜の『魔王の紋章』から柄《つか》が生えた。

俺はその柄をつかみ、一気に引き抜《ぬ》く。

「ふあぁあぁぁぁあああああっ♥」

千夜の嬌声《きょうせい》が響《ひび》き、巨大《きょだい》な鎌《かま》がずるりと出てきた。骸骨《がいこつ》を組み合わせて作られたような、おどろおどろしい形状の鎌。その刃《やいば》は、闇《やみ》よりもなお黒い、深淵《しんえん》色をしている。

そう。俺が閃いた方法とは、『魔王の力の具現化』だ。

ベリアルの力が具現化された鎌の名を、俺は呼ぶ。

「『ベリアルの大鎌《おおがま》』！」

直後、円香の迎撃を逃《のが》れた紅い竜が、俺と千夜に襲いかかってきた。

「先生！　千夜さま！」

円香が悲鳴を上げる。

迫ってくる紅い竜に、俺は『大鎌』を振るった。

「あぁぁあああああああああああああああっ!!」

ザッ!!

おろされる魚のように、紅い竜が真っ二つに捌《さば》かれ、消滅した。

土御門さんの目が驚愕に見開かれる。

「馬鹿な……っ‼」

「『ベリアルの大鎌』は《滅び》の概念を極限まで凝縮《ぎょうしゅく》した武具だ。その刃は、物体・現象問わず等しく斬《き》り裂《さ》き、滅ぼす」

俺は『大鎌』を肩に担《かつ》ぎ、千夜に視線をやった。

「ついてきてくれ、千夜」

「はい！『無価値の左手』ですね！」

即座に意図を察してくれた千夜に、俺は「ああ！」と笑みを見せる。

千夜のふたつ目の力『無価値の左手』は、《無価値》を意味するベリアルを体現する能力。左手で触れたものに《無価値》を付与《ふよ》し、無力化する能力だ。

ダンッ！と地を蹴《け》って俺は駆《か》け出す。千夜も俺に続き、土御門さんに向かって走り出した。

「ちぃっ！」

土御門さんが舌打ちして、紅い竜に俺たちを襲わせた。無数の紅い竜が俺と千夜を集中攻撃する。

そのすべてを俺は斬り裂いた。

一体目の頭を斬り落とし、二体目の顎を両断し、三体目と四体目をまとめて薙《な》ぎ払《はら》う。

　次から次へと襲いかかってくる紅い竜を、襲ってきた側《そば》から斬り捨て、俺と千夜は真《ま》っ直《す》ぐ突き進《すす》む。

　千夜が左手に魔力を集中させる気配がした。『無価値の左手』の発動準備が整ったんだ。

　なおも俺たちは直進し――ついに土御門さんの眼前まで来た。

　あとは土御門さんに触れるだけ。

「行け、千夜！」

「はい！」

　進路を塞《ふさ》ぐ紅い竜を斬り伏せ、俺は千夜を送り出す。

　千夜が俺の背から飛び出し、土御門さんに左手を伸ばした。

　千夜の左手が土御門さんに触れる。

「させん!!」

　寸前。

　土御門さんの姿が忽然《こつぜん》と消えた。

　千夜が瞠目《どうもく》し、俺は歯噛みする。

「禹歩《うほ》か!!」

　俺たちが迫るなか、土御門さんは最後の最後までとっておいたんだ。『禹歩による回避《かいひ》』

という一手を。

流石《さすが》は国内最強！　この土壇場《どたんば》で冷静に裏を掻いてくるとはな！

「きみたちはよくやった。だが、私の勝ちだ」

瞬《また》く間《ま》に三〇メートル以上後退した土御門さんが、残っている、すべての紅い竜を千夜に放った。

千夜が正面にいるため、俺は紅い竜を斬ることができない。このままでは、俺も千夜もまとめて焼き尽くされるだろう。

それでも俺は言った。

「いや、勝つのは俺たちだ」

なぜならば――

「俺たちには仲間がいるからな！」

俺は気づいていたんだ。


レイアと円香が協力し、巨大な水竜を生み出していることに。

レイアが残っている魔力《まりょく》をすべて注ぎ込《こ》み、円香の魔力と掛《か》け合わせることで生まれた水竜は、天を覆《おお》うほどの大きさだった。
それはさながら、伝承に登場する無限の大蛇《ウロボロス》。
「全部出し切るよ、円香ちゃん！」
「はい！　行き、ましょう！」
レイアと円香が呼吸を合わせ——水竜が紅い竜目がけて突っ込んできた。
衝突《しょうとつ》。
炸裂《さくれつ》。
轟音《ごうおん》。
衝撃《しょうげき》。
紅と青が互《たが》いを打ち消し、膨大な水蒸気が辺りを真白《ましろ》く染め上げる。
「やってくれる……っ」
土御門さんが忌々《いまいま》しげに呻《うめ》くなか、俺は脚力《きゃくりょく》を爆発《ばくはつ》させて地を蹴った。
超高温《ちょうこうおん》の水蒸気のなかを迷いなく突き進み、土御門さんに肉迫《にくはく》する。
土御門さんが顔を強張《こわば》らせ——それでも抵抗《ていこう》を見せた。
『臨兵闘者皆陳列在前！　天元行躰神變神通力！』
一瞬で九字を切り、六芒星を描《えが》き、俺を阻《はば》む障壁《しょうへき》を作り出す。

俺は止まらない。

わずかも速度を緩めず、『大鎌』を振り抜いた。

『大鎌』が障壁を斬り裂き、滅ぼす。

俺は左手を拳《こぶし》にした。

「ジョゼフ……グランディエ……っ!!」

「終わりだ！　土御門晴厳!!」

土御門さんの頬に全力で拳を叩き込む。

土御門さんは目を剥《む》いて吹《ふ》き飛んだ。

吹き飛んだ土御門さんは地面に叩きつけられ、ゴロゴロと転がり、やがて止まる。

倒れた土御門さんは微動《びどう》だにしない。意識を失ったんだ。

拳を振り抜いた体勢で俺は告げる。

「大戦は俺たちが勝ち抜く。あなたはしばらく休んでいてくれ」

決着。

エピローグ

これからの世界の話

　陰陽寮《おんようりょう》との決戦から一晩が経《た》った。

　あのあと土御門《つちみかど》さんは逮捕《たいほ》され、一連の騒動《そうどう》の責任をとって陰陽頭《おんようのかみ》の地位を退くことになった。

　土御門さんを失った陰陽寮は、間違《まちが》いなくこれまでの勢力を失うだろう。陰陽寮を警戒していた違《い》法魔術師《ほうまじゅつし》が、動き出す可能性もある。

　土御門さんを倒した俺には責任がある。だからこそ、一刻も早く魔帝の座につき、誰《だれ》よりも強い魔術師にならないといけない。

　それとは別に、もうひとつ課題があった。魔術結社同士の大戦を勝ち抜くことだ。

　大戦を勝ち抜くには、その詳細《しょうさい》を知らなくてははじまらない。そこで俺たちは、凛《りん》から大戦について詳《くわ》しく聞くことにした。

　部屋の主《ぬし》を失った陰陽頭執務室《しつむしつ》に、俺、千夜《ちよ》、レイア、円香《まどか》、アグネス、凛が集まっていた。

「大戦について教えてくれ、凛」

「……はい」

申し訳なさそうに眉《まゆ》を下げた凛が頷き、俺と四人はゴクリと喉《のど》を鳴らす。

「魔術結社同士の大戦とは――」

凛が意を決したように口を開いた。

「ふむふむ。陰陽寮はリタイアだね」

いるはずのない第三者の声がしたのはそのときだ。

バッと声がしたほうを向き、俺たちは揃って絶句した。いつも土御門さんが座《すわ》っていた椅子《いす》に、いつの間にかひとりの男が座っていたからだ。

見た感じは一〇代後半。高く細い体にまとうのは、白と金の司祭服。

金の長髪《ちょうはつ》を持つその男は、緑色の目を楽しそうに細め、口元に穏《おだ》やかな笑みを湛《たた》えていた。

いつの間にここに⁉　いや、はじめからいたのか⁉　わからない……魔帝に近づいた俺でさえ気づけないなんて、相当な実力者だ！

俺は最大限の警戒をしながら尋《たず》ねる。

「……あなたは誰だ？」

「挨拶《あいさつ》が遅《おく》れたね。僕《ぼく》の名前はクリスチャン・ローゼンクロイツだよ」

そう名乗った男は、整った顔立ちに人好きのする笑みを浮かべた。

「ジョゼフくん。きみに天使を授《さず》けたいのだけど、どうかな？」

あとがき

はじめましての方もおひさしぶりの方もこんにちは。虹元喜多朗です。

この度は、『魔帝教師』３巻を手にとっていただき、どうもありがとうございます。

新たなヒロインたちも登場し、ますますパワーアップした魔術バトルと京都を舞台にした新展開、いかがでしたでしょうか？

たっぷり盛り込んだお色気要素も含め、もしお楽しみいただけたようでしたら、著者として大変嬉しく思います。

また、今回は特別なお知らせがあります。なんと皆様の応援のおかげで、本作のコミカライズが決定いたしました！

作画を担当いただくのは蛙屋蒼太先生です。魅力的なヒロインたちや迫力の魔術バトル、ストーリーの面白さはそのままに、見事に『魔帝教師』のストーリーをコミックへと昇華してくださりました！

正式な連載開始次期はまだ未定ですが、集英社様の「となりのヤングジャンプ」にて、近々スタート予定ですので、どうぞご期待ください！

さて、続きまして少し早いですが謝辞に移らせていただきます。

担当編集者のTさま。イラストレーターのヨシモトさま。ご協力いただいた関係者の皆様。『魔帝教師』は皆様に支えられています。これからもよろしくお願いいたします。

最後に、このあとがきを読んでくださっているあなたに、心からの感謝を。

あなたに『魔帝教師』を手にとっていただけたことが、なによりも嬉しいです。

それでは、次の巻でお会いできることを祈りながら。

HJ文庫 https://firecross.jp/
999

魔帝教師と従属少女の背徳契約 3

2022年4月1日　初版発行

著者——虹元喜多朗

発行者—松下大介
発行所—株式会社ホビージャパン

〒151-0053
東京都渋谷区代々木2-15-8
電話　03(5304)7604（編集）
　　　03(5304)9112（営業）

印刷所——大日本印刷株式会社

装丁——木村デザイン・ラボ／株式会社エストール

Printed in Japan

ISBN978-4-7986-2805-9　C0193